세계 역사 문화 체험 학습만화

GO GO
카카오 프렌즈 14

글 김미영 그림 김정한

그리스
GREECE

아울북 ✕ KAKAO FRIENDS

카카오프렌즈

카카오프렌즈는 저마다의 개성과 인간적인 매력을 지닌
라이언, 무지, 어피치, 프로도, 네오, 튜브, 콘, 제이지 총 8명의 캐릭터가 함께합니다.
서로 다른 성격에 하나씩 콤플렉스를 가지고 있는 여덟 가지 캐릭터는
독특하면서도 우리 주변에서 쉽게 볼 수 있는 사람들의 모습을 그대로 반영해
많은 사랑을 받고 있습니다.
카카오프렌즈의 위트 넘치는 표정과 행동은 폭넓은 공감대를 형성하고
유쾌한 웃음을 선사합니다.

라이언 RYAN

갈기가 없는 수사자 라이언.
덩치가 크고 표정이 무뚝뚝하지만
여리고 섬세한 소녀 감성을 지닌 반
전 매력의 소유자.
원래 아프리카 둥둥섬 왕위 계승자
였으나, 자유로운 삶을 동경해 탈출!
카카오프렌즈의 든든한 조언자 역
할을 하고 있다.

튜브 TUBE

겁이 많고 마음 약한 오리 튜브는
작은 발이 콤플렉스여서 오리발을
착용한다.
미운오리새끼의 먼 '친척뻘'이다.
극도의 공포를 느끼거나 화가 나면
입에서 불을 뿜으며 밥상을 뒤엎기도
하니 조심해야 한다.

어피치 APEACH

유전자변이로 자웅동주가 된 것을
알고 복숭아 나무에서 탈출한 악동
복숭아 어피치!
애교 넘치는 표정과 행동으로 '귀요
미' 역할을 한다.
섹시한 뒷모습으로 사람들을 매혹
시키지만 성격이 매우 급하고 과격
하다.

네오 NEO

자기 자신을 가장 사랑하는 새침한 고양이 네오는 쇼핑을 좋아하는 패셔니스타! 하지만 도도한 자신감의 근원이 단발머리 '가발'이라는 건 비밀! 공식 연인 프로도와 아옹다옹하는 모습이 사랑스럽다.

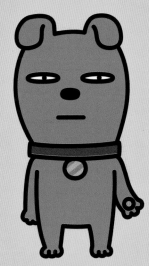

프로도 FRODO

잡종견이라는 태생적 콤플렉스를 가진 부잣집 도시개 프로도. 네오와 공식 커플로 알콩달콩 애정공세를 펼친다.

무지 MUZI

호기심 많고 장난기 가득한 무지의 정체는 사실 토끼 옷을 입은 단무지. 토끼 옷을 벗으면 부끄러움을 많이 탄다.

콘 CON

악어를 닮은 정체불명의 콘은 가장 미스터리한 캐릭터이다. 알고 보면 무지를 키운 능력자이기도 하다.

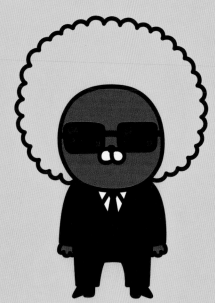

제이지 JAY-G

땅속나라 고향에 대한 향수병이 있는 비밀 요원 제이지! 선글라스와 뽀글뽀글한 머리가 인상적이며 힙합가수 JAY-Z의 열혈 팬이다. 냉철해 보이는 겉모습과 달리 알고 보면 외로움을 많이 타는 여린 감수성의 소유자다.

기타 등장 인물

이프

'만약에 내 마음대로 역사를 바꿀 수 있다면
세계 정복도 가능하겠지?'
히스토리 뱅크에서 퍼즐을 훔쳐
세계 정복을 꿈꾸는 악당.
때로는 카카오프렌즈에게 도움을 받기도 하지만
한 번도 고마워한 적은 없다.

이브

이프의 쌍둥이 여동생으로 이프의 뒤를 쫓다가
시간문의 존재를 알게 되었다.
처음에는 퍼즐에 관심이 없었지만
퍼즐의 힘을 알게 되자 퍼즐에 욕심이 생긴다.

이프고

시간의 문을 열 수 있는 인공지능 프로그램.
카카고와 같은 천재 박사가 만든 것으로 알려졌다.
세계 정복을 꿈꾸는 이프를 돕는다.

카카고

비밀에 싸인 천재 박사가 만든 인공지능 프로그램.
시간문을 열고 미래 예측 프로그램을 통해
카카오프렌즈의 모험을 돕는다.
학습형 프로그램이라 아직은 완벽하지 않지만
점점 진화하고 있다.

차례

GOGO 카카오프렌즈 줄거리

악당 이프 때문에 뿔뿔이 흩어진 역사 퍼즐을 찾기 위해 비밀요원이 된 카카오프렌즈!
이번에 퍼즐을 찾기 위해 떠난 곳은 지구 남쪽에 있는 거대한 나라 호주야! 지구의 배꼽이라 불리는
울루루의 사막을 시작으로 하늘과 바닷속까지… 역시 대자연의 나라 호주답게 카카오프렌즈가
모험을 펼치는 곳도 다양했지. 이프의 악행은 계속되었지만 언제부터인지 이브가 보이지 않네?
이대로 이브는 퍼즐 찾기에 관심이 떨어진 건가 했는데 위기에 빠진 이프를 구하기 위해 다시
나타났어! 특수장치 옷까지 입고서 말이야!! 이프와 이브가 제대로 힘을 합치기로 한 걸까?
카카오프렌즈는 이프, 이브 남매를 제대로 막아낼 수 있을까?

1장
신화가
시작되다!

✿올림포스산의 열두 신 기록에 따라 조금씩 다르지만 보통 제우스, 헤라, 포세이돈, 데메테르, 헤스티아(또는 디오니소스),
아프로디테, 아폴론, 아레스, 아르테미스, 아테나, 헤파이스토스, 헤르메스를 열두 신으로 꼽는다.

대체 이유가 뭘까?

총 4개의 퍼즐 중 한 개가 그곳에 있어요.

그 이유는 우리가 알아봐 줄게.

삐꼼~

아무도 없어. 나와도 돼.

여긴 어떤 시대야?

기원전 17세기경 에게 문명 때의 그리스예요.

다다다다

에게 문명?

그리스와 터키 사이에 있는 바다가 에게해인데,

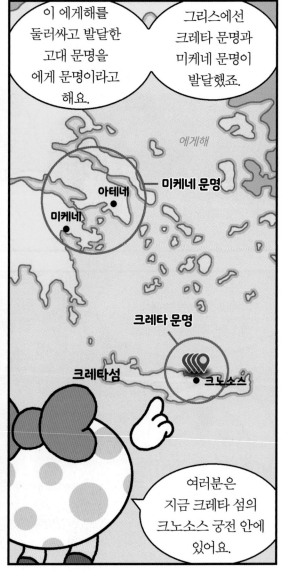

이 에게해를 둘러싸고 발달한 고대 문명을 에게 문명이라고 해요.

그리스에선 크레타 문명과 미케네 문명이 발달했죠.

에게해

미케네 문명

아테네

미케네

크레타 문명

크레타섬

크노소스

여러분은 지금 크레타 섬의 크노소스 궁전 안에 있어요.

그럼 우리 흩어져서 퍼즐을 찾다가 저장하면

각자 시간문을 열어서 다른 퍼즐이 있는 곳에서 만나자.

응. 좋아!

찬성!

그런데 잠깐 사이에 이렇게 다들 길을 잃고 흩어지다니.

궁전을 되게 복잡하게 지은 것 같군.

두리번 두리번

설마 했는데 그 신화가 사실일지도 모르겠네요.

무슨 신화?

사실 크노소스 궁전은 머리는 황소, 몸은 인간인 괴물

미노타우로스의 신화가 있는 장소예요!

히익~

뭐? 괴물?

깜짝

빼꼼~

여긴 어디야?

크레타섬의 크노소스 궁전이에요.

미노타우로스의 신화가 있는 곳이죠.

그게 뭔데?

옛날 옛날 크레타의 미노스 왕이 바다의 신 포세이돈에게 거짓말을 한 일이 있었어요.

바다의 신 포세이돈

발끈!

감히 나를 속이다니!

제가 제물로 바치겠다 약속한 아름다운 흰 소가 이 소입니다.

안절 부절

보통소

아름다운소

화가 난 포세이돈은 마법을 걸어 미노스 왕의 부인이 아름다운 흰 소를 사랑하게 만들었죠.

저주에 걸린 왕비는 소의 얼굴과 사람의 몸을 가진 미노타우로스(미노스의 소)를 낳았는데,

음메~ 음메~

미노타우로스는 자랄수록 사나워져서 사람들을 해쳤어요.

결국 미노스 왕은 누구도 빠져나올 수 없는 미로 같은 궁전을 지어 미노타우로스를 그 안에 가뒀죠.

두리번

두리번

그 궁전이 바로 이 크노소스 궁전이란 말이 있어요.

그 신화가 사실일 리는 없고, 그만큼 이 궁전이 복잡하다는 뜻인가?

앗, 차가워!

깜짝

참방

앗! 저 발자국은 튜브!!

이런… 이번엔 튜브가 왔나 보군.

미친오리로 변신만 안 하면 만만한 녀석인데…

에잉~ 빗물이 고여 있었나 보네.

응?

탈 탈

✿ 테세우스 지혜가 뛰어난 아테네의 영웅.

으아악! 이브?

꺅, 튜브!!

화들짝

어떻게든 나한테 화를 못 내게 만들어야 해.

튜브! 드디어 왔구나.

왜 터키랑 호주에는 안 온 거니? 계속 찾았는데!

꺄아~

뭐?

너~ 이브~~

부들

이런!! 딱 만났네. 어쩌지? 미친오리가 되면 곤란한데…

부들

네가 날 왜 찾아? 네가 찾는 건 퍼즐이겠지!

난 사실 퍼즐엔 관심 없어.

발끈!

거짓말하지 마! 퍼즐에 관심이 없는데 왜 자꾸 여길 와?

여긴 어디야! 날 어디로 데려온 거야?

여긴 산토리니! 내가 그리스 여행할 때 왔던 휴양지야.

휘잉

어때? 파랑고 하얀 건물들이 아름답지 않아?

날 왜 여기로 끌고 온 건데?!

탁!

테라섬의 화산이 폭발했는데 위험한 크레타섬에 있을 순 없잖아.

그래서 너랑 안전한 여기로 피한 거야.

발그레~

하지만 테라섬이 바로 산토리니예요.

뭐? 산토리니가 테라섬?

헉

23

현재 산토리니라 불리는 테라섬은 원래 화산섬인데

고대의 화산 폭발로 인해 섬 대부분이 가라앉아

지금은 이렇게 초승달 모양의 땅이 되었어요.

산토리니섬

이제는 괜찮아? 안전해?

네. 지금은 화산 활동이 멈췄어요.

여기가 산토리니든 테라섬이든 상관 없어. 난 친구들 있는 데로 갈 거야.

힝!

알았어. 알았어. 튜브. 널 위해 퍼즐 있는 데로 가 줄게.

이프고, 시간문!

네.

쾅!

카카고, 살려줘! 이브가 날 납치했어~

으앙~

고대 그리스 문명의 탄생

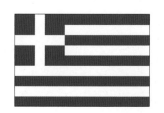

그리스 국기

신화의 나라라니 너무 기대돼!

서양 문화의 중심지, 고대 그리스 문명

그리스를 서양 문명이 시작된 곳이라고 하는데 그건 서양 문화와 정치, 역사가 그리스 신화를 비롯한 그리스 문화에 깊은 영향을 받았기 때문이야. 그리스는 유럽 남쪽 발칸반도에 있는 나라 중 하나로 동쪽으로는 에게해, 서쪽으로는 이오니아해, 남쪽으로는 지중해에 닿아 있어. 우리나라처럼 삼면이 바다로 둘러싸인 거지. 그리스 문명은 에게해 주변 여러 섬에서 발달했기 때문에 에게 문명이라고도 해. 그리스 본토 남쪽에는 크레타섬이 있는데 기원전 2000년에서 기원전 1400년 무렵까지 이 섬에서 발달한 문명

그리스 문명은 에게해를 중심으로 발달했다.

을 그리스 문명의 시작으로 보고 있어. 그리스 신화에 나오는 미노스 왕의 전설과 관련된 문명이 바로 크레타 문명이야. 크레타 문명에 이어서 미케네 문명이 발달했어. 바다를 끼고 있어 활발한 무역으로 발전을 이루었지만, 기원전 1200년 무렵 그리스 남쪽까지 쳐들어온 도리아인들에게 망하고 말았어. 이후 그리스는 약 350년간 문자도 없는 문화적 암흑시대를 보내게 되지.

테라섬의 화산 폭발과 산토리니

이렇게 아름다운 섬이 화산 폭발로 대부분 사라졌다니…

크레타는 강한 해군의 힘을 바탕으로 발전한 무역 국가였어. 크레타섬의 크노소스 궁전에는 온갖 보물이 쌓여 있고, 심지어 수세식 화장실도 있었다. 유럽 최초로 포장된 도로에 상하수도 시설까지 설치했던 발달된 문명이었어. 근데 이렇게 발전한 문명이 어쩌다 멸망하게 됐을까? 여러 가지 주장이 있는데 화산 폭발도 유력한 이유 중 하나야. 크레타섬 북쪽에 테라섬이 있었는데, 기원전 17세기 무렵에 이 섬에서 엄청난 화산 폭발이 일어났지. 테라섬은 바로 관광지로 유명한 산토리니섬이야. 이 섬에서 일어난 화산 폭발로 쓰나미가 일어나 크레타섬까지 매우 큰 피해를 입었다는 거야. 엄청난 규모의 화산재와 화산가스가 크레타섬을 뒤덮어 문명이 쇠퇴했고 결국 멸망하고 만 거지.

산토리니섬 절벽 끝에 있는 아름다운 이아 마을

크노소스 궁전의 미로

그리스 본토 남쪽 크레타섬에는 아주 오래된 유적지가 남아 있어. 바로 크노소스 궁전인데, 이 궁전에는 재미있는 이야기가 전해져 내려오는데 한번 들어 볼래? 크레타의 왕 미노스는 왕위에 오르고 싶어서 바다의 신 포세이돈에게 기도를 올렸어. 포세이돈은 미노스의 기도에 응답하는 의미로 이 황소를 보내주었고 미노스는 왕위에 오를 수 있었지. 미노스는 보답으로 이 소를 포세이돈에게 제물로 바쳐야 했는데, 새하얀 황소가 아까워서 다른 황소를 제물로 바치고 말았지. 자신을 속인 미노스 왕에게 화가 난 포세이돈은 미노스의 왕비를 황소와 사랑에 빠지게 만들었어. 둘 사이에서 반은 인간, 반은 황소의 모습을 한 괴물 미노타우로스가 태어났어. 크면서 점점 난폭해지는 미노타우로스를 감당할 수 없어진 미노스 왕은 한번 들어가면 절대 빠져나올 수 없는 미로 같은 궁전을 만들고 그 궁전 한가운데에 미노타우로스를 가둬 버렸지. 이 궁전이 바로 크노소스 궁전이야. 신화로 전해져 내려오던 크노소스 궁전을 영국의 고고학자 아서 에번스가 발굴하면서 세상에 소개되었지. 참, 신화 속 괴물 미노타우로스는 아테네의 영웅 테세우스가 처치했어. 테세우스는 실타래를 풀면서 미궁에 들어갔다가 나올 때 다시 감고 나와 무사히 미궁을 빠져나올 수 있었대.

실타래! 그런 방법이 있었구나!

미노타우로스를 처치하는 테세우스(왼쪽)와 크레타섬에 있는 크노소스 궁전의 터(오른쪽)

2장
마라톤 평원의 전투

✿ **도리아인** 기원전 16세기에서 기원전 12세기 무렵 그리스 반도로 내려와 스파르타, 코린토스 등의 도시국가를 세운 민족.

30

☆ 페르시아 현재 이란의 영토에 있던 고대 제국으로 알렉산더 대왕에게 멸망되기 전까지 넓은 영토를 가졌던 강한 나라.

튜브와 퍼즐 모두 마라톤 전투 지역으로 가고 있어요.

우리도 가자!

다다다다

그런데 그리스랑 페르시아가 왜 싸우는 거야?

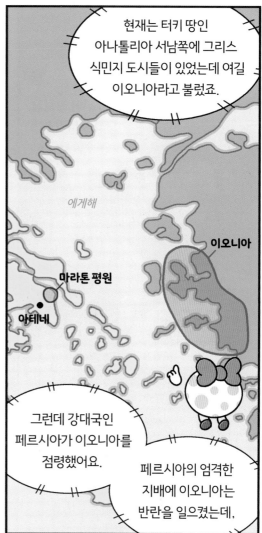

현재는 터키 땅인 아나톨리아 서남쪽에 그리스 식민지 도시들이 있었는데 여길 이오니아라고 불렀죠.

에게해

이오니아

마라톤 평원

아테네

그런데 강대국인 페르시아가 이오니아를 점령했어요.

페르시아의 엄격한 지배에 이오니아는 반란을 일으켰는데,

이오니아는 그리스 아테네에 도움을 요청했고, 아테네는 이오니아 반란을 도왔어요.

하지만 최강 제국 페르시아는 결국 이오니아 반란을 완전히 진압해 버렸죠.

그럼 끝난 거 아냐?

왜 그리스랑 또 싸우지?

깡!

깡!

33

페르시아 왕 다리우스 1세✿가 복수를 다짐했거든요.

이오니아 반란을 도와준 나라한테 복수할 테다!

아~ 그래서 그리스에 쳐들어온 거군.

네.

위험해!!

깜짝

팍!

창과 화살이 마구 날아다니고 있어. 어쩌지?

피융~

피융~

다들 주위에 떨어진 방패를 주워서 몸을 보호해.

튜브와 퍼즐은 앞쪽의 그리스 군사들 사이에 있어요.

척 척

주섬

주섬

자~ 그럼 앞쪽으로 가자!

척 척

✿ **다리우스 1세** 고대 페르시아를 세계 최대 제국으로 만든 왕.

이봐! 너희들 지금 뭐하는 거야?

빨리 뒤에 가서 줄 맞춰 서!

버럭

피웅~

왜요? 앞에 가서 싸우면 안 돼요?

그렇게 멋대로 싸우면 팔랑크스가 무너지잖아!

맞아, 맞아!

척 척 척

팔랑크스?

고대 그리스의 전투 대형이에요!

오른손엔 긴 창을, 왼손엔 방패를 들고 모여서 집단으로 싸우는 방식이죠.

왼손에 든 방패가 옆의 병사를 함께 보호해 주기 때문에

병사들의 간격이 떨어지면 안 돼요.

척 척 척

그러니까 새치기하지 말고 뒤로 가서 줄 서, 빨리!

칫! 뒤로 가면 되잖아요.

칫!!

싸움도 줄 서서 해야 하다니….

이브가 왜 날 위해… 설마 나한테 관심 있다는 말이 진짜?

미친오리와 싸우는 것보단 페르시아 군이 낫지.

장군, 아테네 군의 팔랑크스가 양쪽에서 다가옵니다.

이런, 포위당했군.

후퇴, 후퇴하라!

이겼다!

페르시아 군이 달아난다.

튜브, 괜찮아?

으응…

이브가 마치 지혜와 전쟁의 여신 아테나 같아.

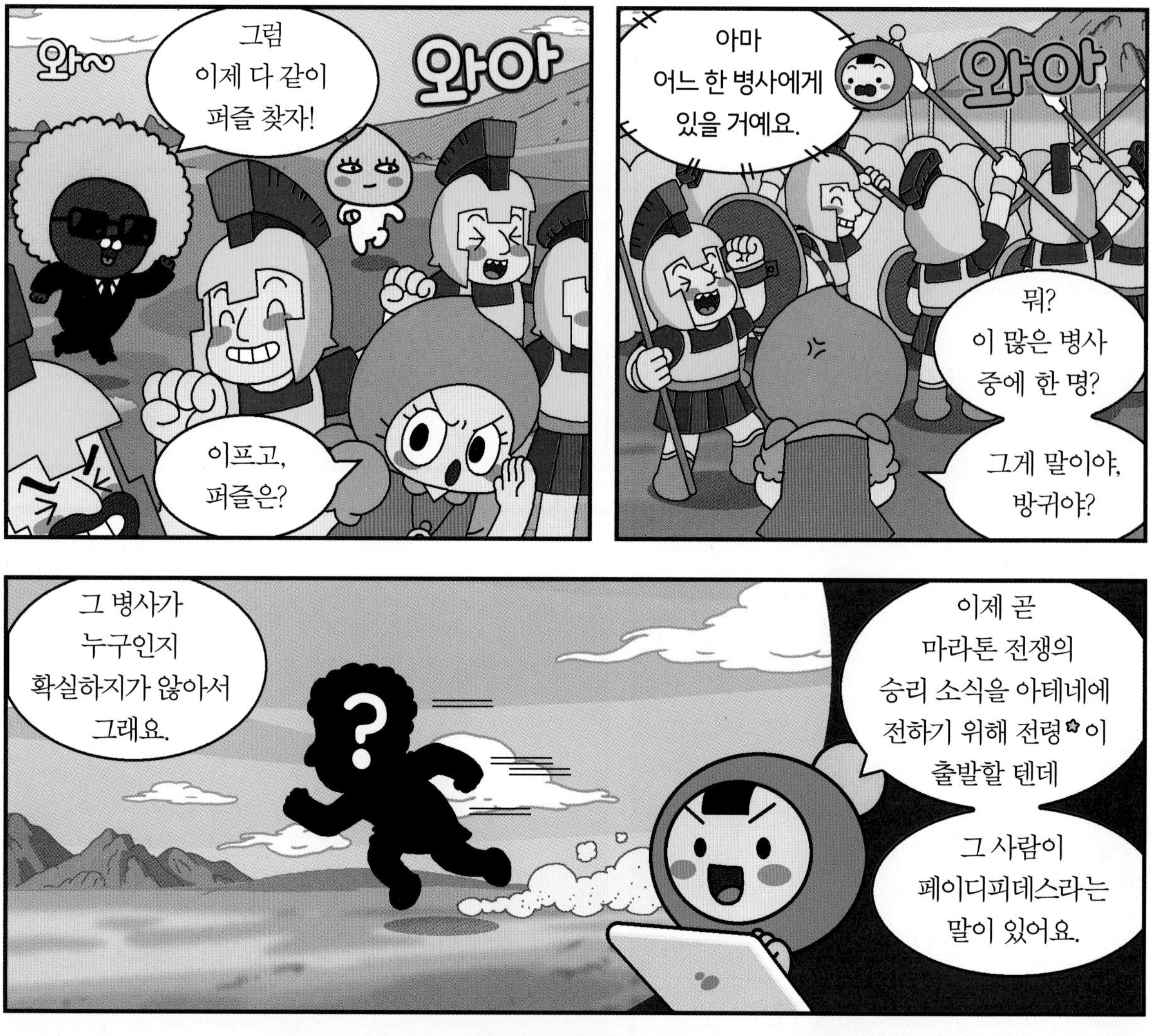

✿**전령** 명령이나 문서를 전달하는 병사.

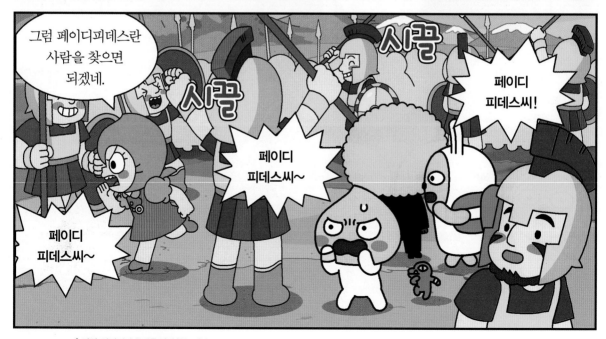

페이디피데스라면 유명한 달리기 선수?

맞아요!

맞대요. 아는 분이세요?

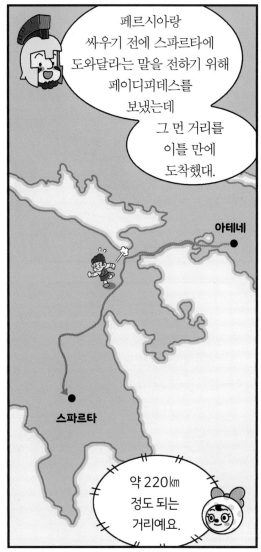

페르시아랑 싸우기 전에 스파르타에 도와달라는 말을 전하기 위해 페이디피데스를 보냈는데 그 먼 거리를 이틀 만에 도착했대.

아테네

스파르타

약 220㎞ 정도 되는 거리예요.

그럼~ 마치 전령의 신인 헤르메스 같은 사람이잖아.

헤르메스

쌩!

발에 날개를 단 것처럼 빠르지!

스파르타는 종교 축제가 끝나면 온다더니 결국 전쟁 다 끝났네.

그래서 페이디피데스는 어디 있는데요?

시끌 와아 시끌

그건 나도 모르지~

그래도 곧 출발할 전령은 페이디피데스가 맞겠지?

그런데 전 의심스러워요.

뭐가?

마라톤에서 아테네까지의 거리가 약 30㎞정도 거든요.

마라톤

아테네

스파르타보다 훨씬 가깝다.

그런데 아테네에 도착한 그 전령이 마라톤 전투의 승리를 알리고는 쓰러져 죽었다는 이야기가…

만세~ 우리가 승리했다!

뭐? 안 돼~

그게 사실이야?

털썩

그 이야기가 사실인지 아닌지는 몰라요.

말도 안 돼. 약 220㎞를 뛰었던 사람이 30㎞정도 뛴 후에 죽었다고?

싸우느라 힘이 다 빠졌나?

그럴 수도 있겠지만 그래도…

와~

헉

우아~
제이지가 못
따라가다니!

진짜
페이디피데스
인가?

저 사람
완전 목숨 걸고
달리고 있어.

혁
혁

왜 저러지?
그냥 승리 소식
전하러 가는 건데.

이겼다고
끝이 아니에요! 지금
아테네엔 마라톤 전투 때문에
병사가 별로 없는데

후퇴한 페르시아 군이
지금 배를 타고 바다를 돌아
아테네를 공격하러 가고
있다고요.

아테네

마라톤 평원

페르시아
함대

저들이 승리에
취해 있을 때
아테네를
공격하자!

만약 페르시아 군이
아테네에 먼저 도착하면
아테네인들은 마라톤에서
그리스가 진 줄 알 거예요.

페르시아
군이다!

마라톤에서
우리가 졌군.
항복하자.

아! 그래서
전령이 저렇게 목숨
걸고 뛰는구나!

네.

혁
혁

우리가
이긴 걸 빨리
알려야 해!

45

동서양의 대격돌

강대국 페르시아에 맞선 아테네의 승리

어디 한번 해 보자! 그리스도 만만치 않다는 걸 보여주지!

기원전 5세기에 강대국 페르시아는 지중해의 지배권을 두고 그리스와 전쟁을 벌였어. 그 당시 페르시아는 서아시아 지역을 차지한 거대한 제국이었지. 반면에 그리스는 도시 형태의 여러 국가가 때로는 서로 힘을 모으기도 하고 때로는 다투기도 하는 상황이었지. 페르시아의 세력이 이오니아의 도시국가들이 있는 곳까지 뻗어 오자 이오니아의 도시국가들이 페르시아에 대항했지만 반란은 금방 제압당하고 말았어. 게다가 그리스 도시국가들이 이오니아의 반란을 도왔다는 이유로 페르시아는 20만 대군을 거느리고 아테네의 서남부 마라톤 평원으로 쳐들어왔어. 왜 하필 이 지역이었냐고? 아테네로 바로 가면 그리스 연합군의 저항

THE MACEDONIAN PHALANX.

고대 그리스의 팔랑크스 대형을 그린 그림

이 강할 것이라는 판단과 넓은 평원에서 싸우는 것이 페르시아에 유리할 것이라는 계산 때문이었지. 그리스 군대는 팔랑크스라는 중무장 보병대 위주여서 움직임이 둔한 반면 페르시아 군대는 말을 타고 빠르고 가볍게 움직이는 군대였기 때문에 넓은 평원이 전쟁을 치르기에 유리했지. 당연히 페르시아 군대가 이길 줄 알았는데 예상을 깨고 페르시아 군대를 중앙으로 유인해 포위하는 전법을 사용한 그리스 군대가 승리를 차지했어.

마라톤의 유래

나도 올해는 마라톤에 도전하겠어!

마라톤 전투에서 패배한 페르시아 군은 아테네를 공격하기 위해 배를 타고 아테네로 향했지. 하지만 아테네 역시 중무장을 한 채로 30킬로미터 떨어진 아테네로 세 시간 만에 돌아왔지. 아테네 군보다 늦게 도착한 페르시아 함대는 결국 그냥 돌아갈 수밖에 없었어. 그 당시 무적이나 마찬가지였던 거대한 페르시아 제국을 상대로 승리한 아테네는 소수의 병력으로도 우수한 전술로 강대국과 싸워 이길 수 있다는 자신감을 갖게 되었어. 그리고 그 마라톤 전투에서 오늘날의 인기 스포츠인 마라톤이 생겨난 거야. 아테네 군의 전령인 페이디피데스(에우클레스라고 주장하는 사람도 있어)가 마라톤에서 아테네까지 쉬지 않고 달려 승리의 소식을 전하고 죽었다는 거야. 42.195킬로미터의 달리기 시합인 마라톤은 이 전령의 숭고한 정신을 기념하기 위한 거야. 하지만 이 감동적인 이야기는 올림픽을 창시한 쿠베르탱 남작이 사람들에게 깊은 인상을 남기기 위해 지어냈다고 해. 그리고 마라톤 전투에서 패배한 페르시아의 후예국인 이란은 마라톤을 금기하고 있지.

마라톤 평원에서 목숨을 바친 아테네 병사들의 무덤

3장
깨진 도자기에 담긴 민주주의

또 헤어질 뻔했잖아.

미안, 미안. 딴 생각하다가 그만…

시끌

여기도 상당히 복잡한 곳이니까 딴 데 정신 팔면 안 돼.

시끌

그곳은 아테네의 아고라예요.

아고라가 시장이야?

와글

와글

시장도 되고 재판장도 되고 정치를 하는 곳이기도 해요.

혁

뭐? 그럼 시장에서 재판도 하고 정치도 하는 거야?

그런 게 아니라, 아고라는 사람들이 모이는 광장을 뜻하거든요.

하긴, 장사도 정치도 일단 사람이 모여야 하니까.

아~

그리스 도시국가인 폴리스엔 대체로 이런 아고라나 아크로폴리스가 존재하죠.

아크로폴리스?

여러분 옆에 보이는 높은 언덕이 바로 아크로폴리스예요.

요새의 기능을 하면서 신전이 있는 도시의 중심지죠.

저거다!

그런데 위에서 뭔가를 짓고 있는 것 같은데?

파르테논 신전을 짓고 있어요.

앗! 파르테논은 그리스에서 제일 유명한 건축물이잖아.

우아! 지금 짓고 있는 게 파르테논이라니.

하지만 지금 짓고 있는 건물은…

앗! 잠깐만요. 그쪽에 퍼즐이 있어요!

깜짝

여기에?

그리고 보니 사람들이 엄청 모여 있어.

뭐하는 곳이지?

웅성 웅성

끼익

뭐야?

지금 싸우는 거야?

왜 난 안 되는데?

시끌시끌

앗! 싸움났다!

여긴 아고라의 싸움장인가 봐.

가 보자!

여긴 시민들만 참여하는 민회라고요. 당신은 시민이 아니잖아요.

내가 왜 시민이 아니야?

발끈!

당연히 여성은 시민이 아니니까…

뭐?

뭐가 어쩌고 어째?

버럭

못 참아!

앗! 이브다!

엇! 카카오프렌즈.

대체 왜 화를 내는 거야~

캬악

돼, 됐어! 치사해서 간다, 가!

휭!

휴~ 살았다.

싸우고 있던 게 이브였군.

이브…

이프고, 당장 다른 퍼즐 있는 곳으로 시간문 열어!

네!

아무튼 잘됐다. 이브가 가 버렸어!

으응….

긁적 긁적

?

그런데 방금 그게 무슨 소리야? 여성은 시민이 아니라니?

그러고 보니 여긴 전부 남자야.

아테네는 역사상 최초로 민주주의가 실시된 도시국가였지만 현대와는 기준이 많이 달라요.

정치에 참여할 수 있는 시민은 부모가 모두 아테네인인 어른 남성뿐이었죠.

여성
어린이
노예
외국출신
등등
…
시민 ✕

아!

네오! 네가 그리스에 오면 안 되는 이유를 알았어!

깜짝

너도 이브처럼 싸웠을 거야!

응. 인정!!

캬악

비록 남성 중심이었지만 이런 고대 사회에서 시민에 의해 정치가 이뤄진 것만으로도 대단한 일이랍니다.

하긴~

지금이 까마득한 옛날이란 걸 자꾸 까먹어.

자, 그럼 민회를 계속 하겠습니다.

페르시아는 분명히 다시 쳐들어올 겁니다. 그러니 맞설 준비를 해야 합니다!

그나저나 퍼즐은 어디 있을까?

카카고, 이곳에 혹시 유명한 사람이 있어?

네, 있어요!

지금 연설중인 테미스토클레스란 사람도 유명한 정치가이자 장군이고,

이젠 해군의 시대입니다.

최신형 3단 노선을 만들어 페르시아 군을 바다에서 무찌릅시다!

그렇다면 저 사람에게 퍼즐이!!

찌릿~

아닙니다. 마라톤 전투를 보세요! 우리 아테네 군은 최강 육군을 자랑합니다.

육군 중심으로 싸워야 합니다.

지금 말하는 아리스테이데스도 유명한 정치가이자 장군이에요.

휙~

그럼 저쪽도…

아무래도 도편추방이 필요할 것 같군.

응!

그럼 지금부터 도편추방제 투표를 시작하겠습니다.

자네, 투표가 처음인가 보군.

아저씨, 도편추방제가 뭐예요?

이 깨진 도자기 조각이 바로 도편이야.

짠~

먼저 도편추방제를 할지 말지 결정하는 투표를 해.

하기로 결정되면 추방할 사람을 투표!

1차 투표 → 2차 투표

여기에서 뽑힌 사람은 아테네에서 쫓겨나 10년 동안 못 돌아오는 제도가 도편추방제란다.

아~

두 사람을 계속 지켜봤는데 퍼즐이 안 보여.

앗! 퍼즐이다!

도편에 있었어.

깜짝

반짝

반짝

에잇!
기껏 퍼즐 있는 곳에
카카오프렌즈보다
먼저 도착했는데.

펄럭~

열받아!

헉!
사람이다!

중얼 중얼

사삭

스스스

여자 같은데
지금 뭐 하는
거지?

그곳은 아폴론
신을 섬기는 델포이
신전이니까 아마 델포이의
신녀일 거예요.

그런데 퍼즐이
왜 여기에?

아테네에서 아무리
시민들에 의한 민주적인
정치를 한다 해도

사람들을 지배하는
절대적인 힘은 따로 있으니
그건 바로…

아폴론
태양의 신이자
예언의 신

신탁!

신탁?

인간이 궁금한 걸 신에게 묻고 답을 얻는 게 신탁인데

고대 그리스 사람들은 나라의 중요한 일을 결정할 땐 제일 먼저 신녀를 통해 신의 뜻부터 물어봤어요.

호오~

스파르타여, 들으라!

너희들의 나라가 파괴되거나 너희 왕의 죽음을 슬퍼하게 되리라!

넙죽~

예~

신탁 중 델포이 신탁이 최고로 유명해서 손님들이 줄을 서거든요.

되게 피곤한가 봐.

살금

살금

그렇다면 퍼즐은 분명 저 델포이 신녀에게…

푹

비틀 비틀

후유~

털썩

아, 끝났나?

신녀님~

깜짝

대답을 안 하면 이 안에 들어올 테니 일단 대답을…

무, 무슨 일이냐?

흠!
흠!

다음 사람이 들었습니다.

피곤하신가? 목소리가 이상하네.

?

방금 날 아고라에서 쫓아낸 녀석들!!

와르르

망한다!

너희 아테네는 싹 다 망할 것이다!!

캬아아악

신녀님, 우리 아테네를 위해 아폴론 신께 다시 한번 물어봐 주소서!

뭐? 아테네?

철푸덕~

으음….

앗! 퍼즐!

퍼즐 저장!!

아싸! 저장했다!!

예~ 전에도 그렇게 말씀하셨지만 부디 살 수 있는 방법을 알려 주소서~

그랬어? 좋아! 기분이 좋아졌으니 알려 주지!

이프고, 신녀가 어떤 신탁을 내렸는지 알려 줘.

네!

이브가?

그럼 이브군!

퍼즐에 관심 없다더니 또 날 속인 건가?

안절

아니면 무슨 다른 사정이 있는 걸까?

부절

아무튼 우리도 빨리 저 항아리의 퍼즐을 저장해야 하는데~

투표 항아리라 가까이 가지도 못하고…

아참, 일단 퍼즐 저장이 먼저!

번뜩

발동동~

여러분~ 신탁이오!

앗! 델포이 신전에 신탁을 받으러 갔던 사람이 돌아왔다!

어떤 신탁이 내려왔소?

헐레벌떡

두근 두근

아폴론 신의 뜻을 전하는 신녀께서 이렇게 말씀하셨소.

오직 나무 성벽만이 파괴되지 않고 그대와 그대 자식들을 도와주리라~

그게 대체 무슨 뜻이지?

나무 성벽?

카카고, 나무 성벽이 뭐야?

그건 아무도 몰라요. 신탁의 해석에는 정답이 없거든요.

여러분! 나무 성벽은 분명 배를 말하는 겁니다.

그러니 당장 배를 만듭시다!

테미스토클레스

아닙니다! 나무 성벽은 아크로폴리스를 둘러싼 울타리요!

육지에서 싸우라는 신의 계시가 분명합니다.

아리스테이데스

배를 뜻하는 게 맞기도 한데…

글쎄 난 울타리 같은데?

어휴~ 신탁은 너무 헷갈려!

신탁을 듣자 사람들이 더 혼란스러워하고 있군.

하지만 결국 나무 성벽이 배를 의미하는 걸로 결정돼요.

뭐?

그건…

자~ 그럼 투표 결과를 발표하겠습니다.

어떻게? 왜?

도편추방제의 결정으로 10년간 아테네를 떠나게 될 사람은

바로~

두근 두근

깜짝

헉!

아리스테이데스!

아!

경쟁자가 추방되니까 배를 만들자는 테미스토클레스의 주장이 통과된 거였군!

맞아요!

척

와아

추욱~

아무튼 이제 투표도 끝났으니 아무도 도편에 신경 안 쓸 거야.

퍼즐 찾으러 가자!

수북~

으앗! 도편이 산더미야.

으악!

아마 최소 6천 개가 넘을 거예요.

이걸 다 어떻게 확인해?

앗! 지금 퍼즐이 살짝 움직였는데요?

크흡!

어? 우린 아직 안 만졌는데?

아! 저길 봐. 아리스테이데스가 도편을 들고 있어.

그럼 혹시 저 도편에 퍼즐이?

부들 부들

에잇!

와장창!

스륵~

전부 내 이름… 내 이름…

저~ 아리스테이데스씨, 그 도편들 저희 주시면…

이런, 깨진 도자기가 더 깨졌네.

퍼즐은 다른 곳으로 이동했어요.

속상하긴 하겠다.

아리스테이데스 씨…

꼬응~

후으~

67

민주주의의 시작, 아테네

제발 나의 선택이 맞았으면…

최초의 민주주의 국가 아테네

그리스는 여러 도시국가로 이뤄진 나라였어. 이런 도시국가를 '폴리스'라고 하는데 대표적인 도시국가가 아테네와 스파르타야. 보통 폴리스의 외

곽은 성벽으로 둘러싸여 있고, 전쟁에 대비해 도시 중앙에 있는 언덕이 폴리스의 중심이 되었어. 그래서 이곳을 높은(아크로) 도시(폴리스)라는 뜻의 '아크로폴리스'라 불렀지. 대표적인 곳이 아테네의 아크로폴리스야. 아테네의 폴리스에는 '아고라'라는 광장이 있었는데 이 광장에서 정치 집회부터 시민들의 자유로운 발언과 경제 활동까지 이루어졌지. 모든 시민들은 국가의 중요한 사안을 직접 투표로 결정할 수 있었어. 귀족이 있긴 했지만, 어느 한 사람이 자기 마음대로 권력을 휘두를 수 없는 민주적인 제도였지. 이렇게 민주적인 제도가 유지될 수 있었던 건 기원전 6세기 말 클레이스테네스가 만든 도편추방제 역할이 컸어. 도

아테네 중심부에 우뚝 솟은 아크로폴리스(위쪽)와 투표용으로 사용된 깨진 도자기(아래쪽). 테미스토클레스라는 이름이 적혀 있다.

편추방제는 깨진 도자기 그릇에 독재를 행할 가능성이 있는 사람의 이름을 적어 내는 제도야. 6천 표 이상을 받은 사람은 10년 동안 외국으로 쫓아낼 수 있었어. 민주적인 제도이긴 하지만 '모든 시민'에 여성이나 노예, 외국인은 포함되지 않았다는 한계가 있지. 다만 지금으로부터 2,500년 전에 이뤄진 제도라고 생각하면 당시 아테네가 얼마나 민주적이었는지 알 수 있어.

신들의 나라 그리스에서 신탁의 의미

신이여, 제발 신탁을 내려주소서!

그리스인들은 신의 말씀을 중요하게 여겨서 많은 곳에 신들을 섬기는 신전을 세웠어. 신을 섬기는 여사제가 신의 말씀을 사람들에게 전했지. 그걸 '신탁'이라 하고 신탁을 전하는 여사제는 '피티아'라고 해. 신의 말씀을 전하는 신탁소가 여러 도시에 있었지만 그중에서 델포이가 가장 유명하지. 그건 신들의 제왕인 제우스가 델포이를 세상의 중심이라고 선언한 데다 미래를 내다볼 수 있는 능력을 가진 태양신인 아폴론의 신전이 있었기 때문이야. 많은 사람들이 델포이의 신탁소에 찾아와 세금과 동물을 바치고 신탁을 들었지. 실제로 나라의 중요한 결정도 신탁을 통해 이루어졌을 정도로 신탁은 그리스인의 삶에 깊은 영향을 끼쳤어. 기원전 6세기에 아테네에서 가난한 사람들이 토지를

델포이에 있는 아폴론 신전의 터

분배해 달라는 요구가 있었을 때 지도자인 솔론은 "타협이 가장 좋은 결과를 가져올 것이다"라는 피티아의 신탁을 받아들여서 귀족들의 권력은 줄이고, 민주주의 정치를 위한 새로운 신분제도를 만들기도 했어. 신탁을 듣고 그리스 민주주의의 기초를 놓은 거야. 그리스 신화는 주로 신들의 제왕인 제우스와 그의 아내인 여신 헤라를 비롯한 올림포스의 열두 신을 비롯한 여러 신의 이야기를 다루고 있어. 그 신들은 인간처럼 사랑에 빠지기도 하고, 질투도 하면서 인간 세계에 영향을 미쳐. 트로이 전쟁 때는 신들도 트로이 편과 스파르타 편으로 나뉘어서 인간들과 함께 싸우기도 했어. 전쟁과 사랑 이야기는 예술에 깊은 영향을 끼치기도 했지. 그리스 신화는 그림이나 조각, 이야기로 표현되었고, 서양 문화 전반에 엄청난 영향을 끼쳤어. 그래서 그리스 신화를 서양 문화의 기초라고 하는 거지.

지혜의 여신 아테나가 다시 태어난다면 이런 모습이랄까?

그리스 신화 속 지혜의 신 아테나(왼쪽)와 태양의 신 아폴론(오른쪽)

4장
최강 전사들의 나라

그게 무슨 소리야? 너 같은 꼬마가 훈련이라니?

아들아, 스파르타의 전사가 되어 돌아오너라!

엄마…

아자!

스파르타에서 건강한 남자 아이들은 7살이 되면 집을 떠나 전사가 되기 위한 훈련을 시작해.

기초 교육을 거쳐 본격적으로 훈련에 들어가면

잠자리나 음식을 스스로 구해야 해.

맛도 없는데 양도 적어.

꼬르륵

조금만 더 주세요.

살고 싶다면 부족한 음식은 너희가 사냥하거나 뺏어먹거나 훔쳐서 먹어!

찌릿!!

물론 훔치다 들켜서 잡히면 맞거나 굶어야 하지만…

뭐? 어린애한테 너무하잖아!

이건 아동학대야!

부들부들

발끈!

어른들 어딨니? 당장 만나서 따져야겠어!

안 돼, 어피치! 영화에서 봤는데 스파르타인들은 무시무시한 전사들이라고.

스빠르다!!

미친오리가 여러 명이라고 생각하면 돼.

그런 스파르타 전사들을 만나는 건 좀…

그, 그래?

움찔!!

레오니다스 왕✿이 이끄는 300명의 최강 전사들은 페르시아 군과 싸우러 테르모필레 협곡✿으로 갔어.

퍼즐도 그곳에 있어요.

퍼즐이 테르모필레에?

짭

짭

어차피 못 만나.

스파르타 최강 전사들은 지금 여기 없거든.

어디 갔는데?

✿레오니다스 왕 스파르타의 왕으로 페르시아에 맞서 싸우다 테르모필레 전투에서 목숨을 잃는다.
✿협곡 길이 좁고 험한 골짜기.

여긴 어디야?

거긴 그리스 펠로폰네소스 반도에 있는 스파르타인데 퍼즐은…

쓱!

앗! 퍼즐은 스파르타에 있는 게 아니라

스파르타 군과 함께 테르모필레에 있네요.

깜짝

테르모필레

펠로폰네소스 반도

아테네

스파르타

아까 그 바구니 갖고 있던 사람 어디 갔어?

누구지? 새로 이사왔나?

그런데 달리기가 꽤 빠르네?

한번 겨뤄 볼까?

그래!

그럼 여긴 퍼즐이 없다고?

네.

에잇, 그러면 시간문을 다시 찾아야 하잖아!

후다닥

끼익~

주변 지역을 점령하고 그곳 사람들을 노예로 삼았는데

나중에 스파르타인보다 노예가 훨씬 더 많아진 거지.

숫자 많다고 까불면 가만 두지 않을 거야!

노예들이 반란을 일으키면 큰일이니까 노예를 지배하기 위해 강한 전사가 될 수밖에 없던 거야.

노예가 많다고 해서 편하게 살 수 있는 건 아니군.

응? 남자애들이잖아? 뭐 하는 거지?

그럼 빨리 퍼즐이 있는 테르모필레로 시간문 열어 줘.

하지만 그곳엔 시간문을 열 만한 게 하나도 없어요.

앗! 카카오프렌즈!

어쩌지?

그렇게 저어서 언제 쫓아가나?

싫음 내려! 으~ 물에 빠뜨릴 수도 없고.

느릿 느릿

영차!

영차!

콰아아아

우왓! 빠르다!!

퍼즐을 따라잡을 수 있겠어.

그런데 퍼즐이 어디로 가는 거지?

좋아.

보트에 태워 주는 보답으로 도와주지!

위이잉!

끼리!!

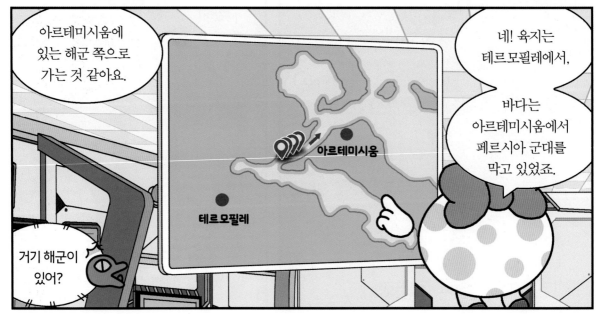

아르테미시움에 있는 해군 쪽으로 가는 것 같아요.

네! 육지는 테르모필레에서,

바다는 아르테미시움에서 페르시아 군대를 막고 있었죠.

거기 해군이 있어?

아르테미시움

테르모필레

아테네 말을 쓰는 걸 보니 우리 편이군. 어서 올라와.

이봐요, 배에 태워 줘요!

이브가 그리스 배로 간다!

퍼즐이 그 배에 있어요.

우리도 가자!

푸룩~

그런데 바다쪽 싸움은 어떻게 됐어?

아르테미시움 해전에서 그리스가 페르시아를 막아냈어요.

그래? 다행이다.

두리번 두리번

테르모필레 전투도 당연히 이겼겠지? 스파르타 군이 있으니…

아니요.
스파르타는 좁은 협곡을 이용해 용감히 싸웠지만

에피알테스라는 배신자가 페르시아에게 그리스 군대 뒤로 가는 비밀 통로를 알려주는 바람에

앗!
뒤에서!

스파르타 군을 비롯한 그리스 연합군은 전멸해요.

뭐? 그렇다는 건 아테네로 가는 길이 뚫렸단 거잖아!

그럼 아테네가 위험해.

얘들아,
저길 봐.

쿠구구구

아테네가 불 타고 있어!!

화르륵

안 돼~~

스파르타의 전사들

스파르타인들이 살아가는 방식

스파르타는 아테네와 함께 대표적인 폴리스 가운데 하나야. 정식 나라 이름은 '라케다이몬'인데 대부분의 사람들이 수도의 이름인 스파르타로 불렀어. 스파르타는 두 명의 왕이 함께 나라를 다스리는 형태로 28명의 원로원 의원과 5명의 장관을 뽑아 정치를 맡겼지. 모든 시민에게 투표권을

고대 스파르타 지역에 남아 있는 극장 터

스파르타가 강한 이유는 모든 국민이 군사훈련을 받기 때문이지!

주었던 아테네와 달리 스파르타는 소수의 선택된 사람들이 나라의 운명을 결정한 거지. 스파르타는 모든 시민이 군인이나 마찬가지였어. 남자아이들은 일곱 살이 되면 무조건 집을 떠나 함께 모여서 군사 훈련을 받았거든. 남자들뿐만 아니라 여자들도 튼튼하게 체력을 키우도록 했지. 덕분에 스파르타 여자들은 아테네 여자들보다는 지위가 높았어. 스파르타는 사치스러운 생활을 하지 못하게 막는 등 굉장히 엄격하게 시민들을 다스리며 목표를 향해 강한 훈련을 시켰지. 그래서 자유를 억압하는 엄격한 훈련을 스파르타식 교육이라고 해. 목표를 이루기 위한 방법으로는 좋아 보이지만 개인의 자유와 생각을 존중하지 않기 때문에 많은 비판을 받기도 했지.

목숨을 바쳐 나라를 지키려 했다니 정말 숭고한 희생이야.

스파르타의 희생과 제2차 페르시아 전쟁

제1차 페르시아 전쟁 때 그리스 정복에 실패한 다리우스 1세의 아들 크세르크세스 1세는 다시 대규모 군사를 이끌고 그리스로 쳐들어왔어. 아테네와 스파르타를 비롯한 31개의 폴리스는 힘을 합쳐 페르시아에 대항하기로 하지. 그리스 연합군은 테르모필레라는 좁은 골짜기에서 페르시아 육군을 막고, 동시에 아르테미시움 해협에서 페르시아 함대를 막기로 했지. 그리스 연합군은 수는 적었지만 테르모필레에서 엄청난 규모의 페르시아 군에 맞서 치열하게 싸웠어. 하지만 전투가 이틀째 지났을 때 그곳의 주민 에피알테스가 그리스를 배신하고 페르시아 군에게 그리스 군대를 포위할 수 있는 샛길을 알려 줬지. 결국 스파르타의 왕 레오니다스 1세가 이끈 연합군은 페르시아 군대에 전멸당했어. 이때 스파르타 군인 300명이 함께 전사했지. 조국을 지키기 위한 이들의 희생은 많은 사람들에게 감동을 주었어. 영화 〈300〉은 바로 이 스파르타 군사들의 이야기야.

300명의 스파르타 군대를 이끈 레오니다스 왕의 동상

5장
바다에서 이기다!

화륵~

페르시아 군대가 벌써 아테네를 점령했나 봐.

우리 아테네가…

아참! 아까 아크로폴리스에 파르테논 신전 짓고 있었는데!

그때 건축 중이던 초기 파르테논은 안타깝게도 이때 불 타 없어졌어요.

힝~ 아까워.

어머! 그러고 보니 신탁이 맞았어.

나무 성벽이 배였나 봐.

깜짝

그러고 보니 그렇네요. 아테네는 파괴됐지만

나무로 만든 배 안의 사람들은 안전하니까.

주욱~

그럼 이제 이 사람들은 어떡해?

지금 살라미스 해협쪽으로 가면서 작전회의 중인데 의견이 엇갈리고 있어요.

페르시아 군이 우리 펠로폰네소스 반도에 못 가게 코린트 지협에서 싸워야 하오!!

스파르타 군대

시끌

아니오! 좁은 살라미스 해협으로 페르시아 함대를 유인한 후, 바다에서 싸워야 이길 수 있소!!

테미스토 클레스

시끌

카카고, 퍼즐은?

빼꼼~

그곳에 있는데 움직임이 좀 독특해요.

계속 같은 자리를 빙글빙글 돌고 있는데 왜 이러는 건지…

빙글빙글
회전운동
중이라면~

노다!

퍼즐이
3단 노선의
노에 붙어 있어!

빙글

빙글

촤자작

저렇게
많은 노가 움직이는데
어떻게 저장하지?

가까이 가기
위험해 보여~

그럼 저 퍼즐은
카카오프렌즈도
저장하기 힘들겠군.

촤악

이브!

이프?

뭐야, 이제
일어난 거야?

그래,
어차피 거기 퍼즐은
저장하기 힘들 테니
놔두고

다른 퍼즐이
있는 살라미스
해협으로 와!
거기서 만나.

후다닥~

어, 지금 이 배도 살라미스 해협으로 가고 있어!

다른 퍼즐이 있는 곳은 미래의 살라미스 해협이야.

덜컹

챙

얼마 후 결국 살라미스 해협에서 그리스 군과 페르시아 군이 싸운단 말이야!

채앵

그러니까 빨리 시간문 열고 이쪽으로 와.

알았어.

녀석들이 퍼즐 보고 있을 때 빨리.

살금 살금

응?

앗! 이브.

깜짝

후다닥

휙~

쟤한테 우린 악당이 아니라고 확실히 말해야겠어.

앗! 튜브, 혼자 가지 마!

어차피 퍼즐 저장은 힘들 것 같으니까 따라가자!

엇! 이 아래에 노 젓는 사람이 있었네.

이런 노 젓는 부분이 3층으로 되어 있어서 3단 노선이라 불러요.

영차!

영차!

착!

아, 여기에 밑으로 가는 문이 있다.

거기에 시간문 열어놨어요.

덜컹

휙~

잠깐만, 이브! 확실히 말하는데 우린 악당 아니야!

그리고 네가 나한테 관심 있대도 난 너한테 관심 없어.

쏙!

혁

앗! 튜브,

네가 여길 왜 따라와?

엥? 아래층으로 내려왔는데 왜 올라왔지?

앗! 여러분 어디 계세요?

응? 그게 무슨 소리야?

탁!

깜짝

앗! 시간문이다.

이브를 쫓아왔는데 여긴 해전 중이야, 카카고!

쟁

쟁

야, 이브 여기…

쿵

찾았어요! 여러분은 지금 살라미스 해전에 있어요.

으앗! 왜 카카오프렌즈를 데려온 거야?

따라왔어.

굵적

굵적

화들짝

이프!

야, 너 잘도 이브를 속였겠다!

빨리 네가 악당이라고 사실대로 말해!!

버럭

97

뭔 헛소리야? 당연히 내가 악당…

쉿. 네가 나한테 카카오프렌즈가 악당이라고 했다 그랬어.

그러니까 말 맞춰!

우다다다

아하! 악당 덮어 씌우기군! 좋아!

야, 악당은 너희잖아. 난 정의의 사나이라고!!

으~

크크크.

이프고, 퍼즐은 어딨어?

뱃머리의 청동으로 만든 충각으로 갔어요.

충각?

적의 배를 들이받아서 침몰시키기 위해 뿔처럼 만든 부분이에요.

촤좌좍

98

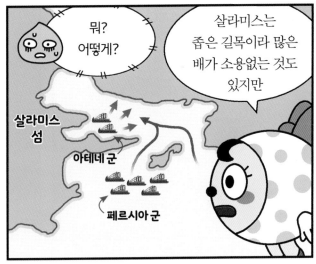

하지만 그리스 도시국가 연합군은 모두 한 언어를 쓰니까 작전 전달이 잘 되고

바다와 친하기 때문에 물에 빠져도 수영을 잘했죠.

페르시아엔 수영을 못하는 사람이 많네.

꼬르륵

잡아, 잡아!

앗! 저기 이프와 이브가 있어!

퍼즐이 우리 쪽으로 온다.

아이코!

꽈당~

안 돼!

거기 아테네 병사! 뒤에 페르시아 군이다. 조심해!

헉!! 뒤에 페르시아 군이라고?

앗! 아니에요. 우린 페르시아 군이 아니에요!!

헉~

헉

103

아~ 내가 추방당했을 때 만났었지!

아리스테이데스?

깜짝

이게 어떻게 된 거죠? 추방된 사람이 어떻게 여기에…

씨익~

추방당해 아테네 밖에 있던 아리스테이데스가 살라미스 해협에 온 페르시아 함대를 발견하자마자 곧바로 아테네에 알려 줬거든.

비록 아테네 시민들은 날 추방했지만

난 언제나 아테네를 사랑하는 아테네인이니까.

그래서 도편추방은 무효가 되었고,

지금은 함께 살라미스에서 싸우는 거야!

잘 됐다~

야호!

지휘관님! 아테네 배가 쫓아오고 있습니다.

이런!

어, 여성 지휘관이네?

그렇다면 그 사람은 할리카르나소스✿의 여왕 아르테미시아예요.

여왕?

네 페르시아 연합군의 유일한 여성 지휘관이었대요.

아르테미시아 지휘관님, 앞에 페르시아 배가 있어서 탈출이 불가능합니다!

뭐야?

그대로 전진!

배를 받아 버려서 길을 뚫어라!

척

혁

네? 하지만 페르시아 배인데요?

상관 없어!

좌악

✿ **할리카르나소스** 아나톨리아 반도(현재의 터키) 남서부 해안에 있던 작은 도시국가.

앗!
추격 중지!!

콰앙!
좌좌좍

뒤에 있던
페르시아 배를
공격하는 걸 보니
우리 편이었군!

하하

응. 같은 편을
공격할 리는
없으니까.

그런가?
도망가는 페르시아
배인 줄 알았는데…

그나저나
퍼즐을 2개나
빼앗겼어~

끄응~

긁적

긁적

덕분에 탈출 성공!
이제 시간문이나
찾아 보자고.

페르시아
연합군은 페르시아에
대한 애정이 별로
없나 봐.

흥!
내 목숨이
먼저지!

전략으로 이긴 살라미스 해전

그리스 연합군의 전략

제2차 페르시아 전쟁이 일어나기 직전 아테네는 엄청난 은광을 발견했어. 아테네의 장군 테미스토클레스는 이 은으로 군사용 배를 만들고 군사력을 강화했지. 아테네가 보유한 3단 노선 200척은 이때 준비한 거야. 그래서 페르시아의 대군이 그리스를 정복하기 위해 쳐들어왔을 때, 아테네의

살라미스섬의 현재 모습

제2차 페르시아 전쟁의 승리는 바로 그리스의 것!

테미스토클레스는 아르테미시움 바다에서 페르시아 함대를 막고, 스파르타 연합군은 테르모필레에서 페르시아 육군의 진격을 막기로 한 거야. 비록 테르모필레 전투에서 연합군이 크게 패배했지만 이곳에서 그리스 연합군이 시간을 끌어 준 덕분에, 그리스 해군은 아르테미시움에서 빠져나가고, 아테네 시민들도 살라미스섬으로 대피할 수 있었어. 그리고 살라미스 해협에서 페르시아 군대를 맞아 대승을 거두었지.

살라미스 해전에서 이길 수 있었던 이유

적은 수로도 전략만 잘 세우면 승리할 수 있어. 나도 전략 '구상' 중이야.

테르모필레 전투에서 패한 후 숫자가 적었던 그리스 연합군은 페르시아와 싸우는 것을 포기하고 코린토스 지역을 지키기 위한 준비를 하고 있었어. 하지만 아테네의 테미스토클레스는 연합군을 설득해 페르시아 함대와 싸우기로 했지. 테미스토클레스는 살라미스 해협으로 페르시아 함대를 유인했어. 그런데 마치 도망치는 것처럼 보였던 그리스 함대가 갑자기 뒤로 돌아 페르시아 함대를 공격했지. 살라미스 해협은 길목이 좁아 배들이 한꺼번에 방향을 바꾸기 힘든 곳이어서 페르시아 함대의 수가 많다는 점은 오히려 방해가 되었어. 페르시아 함대가 우왕좌왕하던 기회를 놓치지 않고, 전열을 가다듬은 그리스 함대는 청동으로 만든 배의 머리로 페르시아 배를 들이받았지. 그리스 군대는 적은 수로 페르시아에 큰 승리를 거두었어. 지형을 이용한 영리한 작전을 펼친 살라미스 해전은 세계 4대 해전으로 손꼽혀.

그리스 해군이 복제한 3단 노선 올림피아스 호. 3단 노선은 살라미스 해전 승리의 주역이다.

6장

스파르타 vs 아테네

우리가 최강 제국 페르시아를 이겼다!!

와아

페르시아도 그리스 실력에 깜짝 놀랐겠다.

폴짝

다음 퍼즐이 있는 곳은 어디야?

약 50년 후의 아테네 아크로폴리스예요.

아테네?

아까 페르시아에 점령당해서 불타던 아테네라고?

50년 후엔 어떻게 변해 있을까?

두근

두근

허억! 저, 저건!!

화들짝

페르시아 군이 있어?

왜 그래? 아직 파괴된 상태야?

불타고 있어?

깜짝

✿ **페리클레스(BC 495~ BC 429)** 아테네 민주주의를 절정으로 끌어올린 그리스의 정치가이자 장군.
✿ **아테나** 지혜와 전쟁의 여신.

113

세계문화유산을 지키는 유네스코 공식 마크가 바로 이 파르테논 신전을 본따 만든 거죠.

오~!

자~ 파르테논은 나중에 현대로 가서 보고 퍼즐을…

다다다다

현대에선 그 원래의 모습을 못 봐요.

뭐? 왜?

현대의 파르테논엔 거대한 아테나 여신 조각상도 없고, 건물이 많이 파괴되었거든요.

그리고 신전을 장식했던 파르테논 프리즈는 그리스가 오스만튀르크의 지배를 받을 때

엘긴 경 토마스 브루스라는 영국 외교관이 영국으로 가져가 현재 엘긴마블스란 이름으로 영국 박물관에 전시되어 있죠.

영국 박물관에서 본 것 같아!

지금도 이 파르테논 프리즈의 소유권을 두고 영국과 그리스가 싸우고 있답니다.

원래의 파르테논 모습을 볼 수 있다니, 이건 정말 행운이야.

응?

스륵~

퍼즐이다!!

아크로폴리스를 내려가고 있어.

쫓아가자!

스르륵

저기 카카오프렌즈가 간다. 따라가자!

퍼즐은…

잠깐,

지금 우린 퍼즐 2개를 갖고 있는 상태라 뺏기지 않게 조심해야 돼.

살금

살금

이브, 잠깐 본부에 가서 이프고에게 퍼즐을 주고 와!

싫어, 네가 가!

찌릿~

그런데 이게 무슨 소리지? 저 성벽 밖에서 나는 것 같은데.

사실 그 성벽 밖에선 지금 전쟁 중이에요.

뭐? 그럼 페르시아랑 아직도 싸우는 거야?

에잇! 그럼 그냥 가!

쌩!

아니요. 이번엔 아테네 연합군과 스파르타 연합군이 싸우는 거예요.

채앵

챙

말도 안 돼! 페르시아 전쟁 때 두 나라는 같은 편이었잖아.

와아

어쩌다 이렇게 된 거야?

페르시아 전쟁의 영향으로 아테네와 다른 도시국가들은 힘을 합쳐야 할 필요성을 느끼고 델로스 동맹을 맺어요.

그리고 또 언제 있을지 모를 전쟁에 대비해 돈도 모았죠.

아테네

델로스(본부)

기원전 431년의 델로스 동맹

하지만 점점 강해지는 아테네의 권력에 불만이 생긴 나라도 생겨났고,

함께 모은 돈을 아테네가 맘대로 쓴다는 의심도 생긴 거죠.

파괴된 아테네를 더 멋지게 건설한 것도, 저 화려한 신전을 지은 것도 다 델로스 동맹의 돈을 쓴 게 분명해.

그럼 당장 동맹을 탈퇴하면 되잖아.

탈퇴하면 배신자로 찍혀서 보복당하게 되니까 참을 수밖에 없었죠.

그러자 스파르타가 아테네에 반대하며 일어났어요.

스파르타!!

혁

스파르타라면 그럴 만도 하지.

그래서 지금 아테네 중심의 델로스 동맹과 스파르타 중심의 펠로폰네소스 동맹이 싸우는

그런데 여기 아고라야?

아니에요.

아~

와글

와글

펠로폰네소스 전쟁이 벌어진 상태예요.

그런데 왜 이렇게 사람이 많지?

아테네 지도자 페리클레스가 시민들을 몽땅 성벽 안으로 들여보내 보호하고,

싸움을 성 밖에서만 하게 했거든요.

아~ 밖에 살던 사람들이 다 안으로 들어와서 이렇게 사람들이 많구나~

그런데 거리가 너무 지저분해.

으앗! 쥐다!

후다닥~

찍찍

성 안에 사람이 너무 많아지면서 위생 상태도 점점 나빠지고 있어요.

엇! 퍼즐이 거기에서 멈췄어요.

하지만 사람들이 많아서 안 보여.

여기가 어디야?

거긴 디오니소스 극장이에요.

아! 디오니소스라면 술과 풍요의 신!

미리 공부 좀 하고 왔지.

맞아요! 그리스에서 가장 오래된 이 극장에서 배우들이

다양한 가면을 쓰고 각종 드라마를 연기한답니다.

하하

호호

드라마라는 말이 '행동'을 뜻하는 그리스 말에서 유래된 단어예요.

시끌

그런데 지금은 드라마 하는 시간이 아닌가 봐.

시끌

오~

사람들을 여기에서 비키게 할 방법이 없을까?

아! 그럼 우리가 드라마를 하자!

그러면 사람들이 구경하기 위해 공간을 만들 거야!

야호!

그래! 그러면 퍼즐도 눈에 띄겠지?

지금 한국에서 제일 인기 있는 드라마를 하자!

그건 안 돼요!

♪ ♫

새로운 이야기는 안 되니까 누구나 아는 트로이 전쟁 이야기가 어떨까요?

아, 거대 목마 안에 군사를 숨기는 작전으로 트로이 왕국을 멸망시킨 전쟁?

네! 그 전쟁의 시작이요.

재밌겠다!!

주섬

주섬

고대 그리스 시대에 한국 드라마라니…

그리스 역사가 바뀐다고요.

덜덜덜

아, 그렇겠구나.

준비됐지?
시작한다!

오케이!

반짝
반짝

웅성 웅성

아아~
이 황금 사과를 최고
미인에게 줘야 하는데
누구한테 줘야 하나~

저에게 주세요,
제우스님!

나 줘,
나 줘~

아냐,
저건 내 꺼야.

어이구,
골치야.

뭐하는
거지?

연극하는 거
같은데?

옳지! 내가
결정할 게 아니라
트로이 왕자 파리스에게
맡겨야겠군!

이봐, 파리스
네가 결정해.

네?
제, 제가요?

훅~

121

이건 트로이 전쟁 이야기잖아?

웅성

재밌겠다.

웅성

이봐, 무대가 너무 좁으니까 다들 조금만 뒤로 가 봐.

좋았어! 사람들이 뒤로 물러나고 있어.

쟤네들 퍼즐 찾다 말고 갑자기 뭐 하는 거야?

지켜 보자고.

최고 미인은 나야, 파리스. 그거 나 줘.

힝~

결정 못하겠어요~

아냐, 내가 더 예뻐!

나는 제우스의 아내 헤라다!

황금 사과를 나에게 주면 널 최고의 부자로 만들어 줄게.

부자~

나는 지혜와 전쟁의 여신 아테나!

날 선택하면 널 최고의 영웅으로 만들어 주마!

영웅~

아프로디테님, 제가 바로 세계 최고의 미녀 헬레네✿입니닷!

콕!

앗! 이브.

어라? 여성은 연극무대에 설 수 없는데 어떻게 된 거지?

여장한 거예요, 여장!

아, 똑같이 생겼다. 쌍둥이 형제 배우였구나!

파닥

파닥

야, 네가 최고의 미녀라고? 뻔뻔하게.

꼬옹~

네가 더 뻔뻔해. 미의 여신은 무슨…!

후다닥~

콕!

내가 저장을…

✿ 헬레네 그리스 신화의 제우스와 레다의 딸이자, 스파르타의 메넬라오스 왕의 아내.

✿**아가멤논** 동생 메넬라오스의 아내 헬레네가 트로이 왕자 파리스에게 납치되자 그리스 군대를 이끌고 트로이 전쟁을 일으킨다.

어쩌지?
이프의 퍼즐을
안 빼앗기려면…

카카오프렌즈를
막으려면…

그래!!

번뜩

가자, 파리스!

이거 놔. 이브!
어딜 가는 거야?

깜짝

앗!
이브가 튜브를 또
납치한다!!

탓!

뭐야, 원래는
파리스가 헬레네를
트로이로 데려가는 거
아닌가?

그동안 관찰한 결과
카카오프렌즈의
강한 우정은

장점인 동시에
약점이 되기도
하지!

여기서 또 다른 드라마가…

흥미진진~

아냐! 그냥 네가 싫어! 그러니까 자꾸 귀찮게 굴지 마!

너 정말 나쁜 남자구나! 역시 악당이 맞았어!

우리 악당 아니라니까!

우아~ 확실하게 거절했어!

튜브에게 이런 면이?

앗! 빨리 다른 시대로 피하세요! 이제 아테네에서 엄청 무서운 전염병이 돌 거예요.

뭐? 전염병?

와들짝

그런데 얘들아, 여기 분위기가 왠지 영국에 흑사병 돌 때 같지 않아?

응! 정말 그러네.

콜록 콜록

파르테논 신전과 펠로폰네소스 전쟁

그 옛날에
이토록 아름다운
신전을 지었다니!

시간을 초월한 아름다움

아테네에 가면 꼭 봐야 하는 것이 있는데 바로, 아크로폴리스 꼭대기에 자리한 파르테논 신전이야. 페르시아 전쟁 때 파괴되었던 파르테논 신전을 최고의 건축가와 조각가를 동원해 다시 지었지. 파르테논 신전은 당시 그리스에 살던 도리아인들의 건축 양식을 충실하게 따른 건축물로 그 앞에 서면 어마어마한 규모와 아름다운 형태에 압도되고 말지. 받침대가 없는 낮고 폭이 넓은 기둥이 균일한 간격으로 길게 늘어서 있는 것이 이 건축물의 특징인데, 하지만 기둥이 실제로 같은 간격으로 서 있는 것은 아니야. 눈의 착각을 이용해 같은 간격으로 서 있는 것처럼 보이게 만든 것이지. 같은 간

아테네의 파르테논 신전

격으로 세웠으면 오히려 멀리 있는 기둥의 간격은 좁게, 가까이 있는 기둥의 간격은 넓게 보였을 거야. 곧게 뻗은 것처럼 보이는 기둥 역시 사실은 직선이 아니야. 기둥의 허리 부분이 좀 더 두꺼운데 이런 기둥을 배흘림기둥, 혹은 엔타시스 형식이라고 불러. 이런 방식으로 기둥을 세우면 건물이 지붕에 짓눌린 느낌 없이 안정감 있어 보인다고 해. 신전 안팎에는 다양하고 화려한 조각으로 장식되어 있었는데 지금은 볼 수 없어. 오랜 시간이 흘러 많이 훼손되었기 때문이지. 특히 대부분의 조각은 그리스가 아닌 영국 박물관에 있어. 1801년 영국 대사였던 엘긴 백작 토마스 브루스가 파르테논 신전을 비롯한 아크로폴리스의 조각 대부분을 조사한다는 목적으로 떼어내 영국으로 가져갔고, 1816년 영국 정부가 엘긴 백작에게 이것들을 사들여 영국 박물관에서 전시하고 있거든. 그리스는 계속 돌려달라고 요구하고 있지만 아직도 돌려주지 않고 있지. 아름다운 조각상이 파르테논 신전에 더해지면 얼마나 더 아름다울까.

델로스 동맹 vs 펠로폰네소스 동맹

그리스의 여러 폴리스가 연합한 델로스 동맹 덕분에 강대국 페르시아를 물리칠 수 있었어. 전쟁을 치를 때 동맹국들은 배를 제공하거나 돈을 내놓았는데, 그 금고가 델로스섬에 있어서 델로스 동맹이라고 불렀지. 처음에는 모든 폴리스가 투표권을 가지고 있었어. 하지만 페르시아 전쟁 이후, 점차 모든 결정이 아테네 중심으로 돌아갔지. 다른 폴리스들은 불만이 클 수밖에 없었겠지? 결국 스파르타는 델로스 동맹에서 탈퇴해 버렸어. 그때부터 그리스 남부 펠로폰네소스 반도의 폴리스들은 각각 아테네와 스파르타 편으로 나뉘어 싸웠지. 싸우다 잠시 멈추기도 했지만, 전쟁은 27년 동안이나 계속되었어. 그러

이제 동맹은 깨졌어! 가만 안 두겠어.

영국 박물관에 전시된 엘긴마블스 중 일부

131

니 얼마나 많은 사람들과 자원과 문화가 희생되었겠어. 펠로폰네소스 전쟁은 기원전 404년 아테네가 항복하면서 스파르타의 승리로 끝났지. 하지만 그 후유증은 매우 심각했어. 이 전쟁은 그 시대의 거의 모든 폴리스가 참전한 세계대전이나 마찬가지였으니까. 하지만 승리한 스파르타도 그 기쁨을 오래 누리지는 못했지. 오랜 전쟁으로 국력이 점점 약해졌거든. 전쟁에서 이겼다 한들, 그 때문에 나라의 힘이 약해진다면 무슨 소용이 있겠어. 암튼 이 전쟁으로 그리스의 폴리스들은 힘을 잃어버리게 돼.

연극에 빠진 그리스 디오니소스 극장

이런 멋진 공연은 사진으로 저장!

기원전 5세기에 아테네는 페리클레스의 지도 아래 국력도 강해졌고, 문화적으로도 크게 발전했어. 그러면서 연극이 유행했지. 아테네는 매년 3월에 술의 신인 디오니소스에게 바치는 봄의 축제를 열었는데 이때는 주로 비극(슬픈 내용의 연극)을 연극 무대에 올렸어. 합창단에서 천으로 만든 가면을 쓴 배우가 나와서 그리스 신화의 신이나 영웅, 미녀 역할을 맡아 공연했지. 겨울에는 주로 희극(웃음을 바탕으로 한 연극)을 상연했어. 디오니소스 극장에서 상연하는 건 단순히 시민들의 오락거리가 아니라, 1만 7천 명이 넘는 관중 앞에서 하는 폴리스의 국가적인 행사였어. 극장은 부채꼴 모양의 계단으로 되어 있어. 아래에는 합창단을 두었고 맨 앞에는 배우들이 공연할 수 있는 무대를 만들었지. 배우나 합창단은 모두 남자들이었어. 인기 있는 이런 작가의 작품이나 트로이 전쟁을 다룬 여러 작품이 무대에 올랐어.

아크로폴리스에 있는 디오니소스 극장 터

7장
세계 정복을 꿈꾼 알렉산더

그럼 아테네에 페스트가 유행하는 거야?

다들 걱정 마! 우린 페스트 예방주사 맞았잖아~

콜록

콜록

하지만 페스트라 추측할 뿐

너무 오래된 시대라 정확히 어떤 전염병인지는 몰라요.

이 전염병으로 성 안의 수많은 사람들이 죽었고 아테네 통치자인 페리클레스도 전염병에 걸려 사망했어요.

성 안에 사람들이 다 모여 있었으니

병이 엄청 빠르게 전염됐겠다.

펄럭~

헉! 그럼 다른 전염병일 수도 있잖아!

빨리 시간문을…

얘들아, 여기야, 여기!

털썩

하지만 성벽 밖에선 전쟁을 하고 있으니 밖으로 나갈 수도 없고…

빨리 펠로폰네소스 전쟁이 끝나야 할 텐데~

하지만 싸웠다 멈췄다 하면서 27년 동안 싸워요.

뭐? 27년이나?

결국 스파르타가 승리하여 델로스 동맹이 해체되었고 아테네 성벽도 부숴 버렸죠.

저런…

하지만 너무 긴 전쟁으로 양쪽 다 심한 피해를 입어

과거의 영광을 회복하지 못한 채 아테네, 스파르타 모두 점점 약해졌어요.

으이그~ 그러니까 전쟁은 왜 해 가지고!

그런데 여긴 어디야?

그곳은 약 100년 후의 아테네인데 리케이온이란 학교예요.

100년 정도 시간이 흘러서 그런지 이제는 평화로워 보이네.

하지만 그때의 아테네는 마케도니아 왕국의 알렉산더 대왕에게 점령당한 상태예요.

이번에는 마케도니아에게 점령을?

깜짝

잠깐! 알렉산더 대왕이라면 혹시 이집트에 알렉산드리아 도시★를 세운 왕 아나?

맞아요!

마케도니아 왕국은 알렉산더의 아버지인 필립포스 2세 때부터 주변 지역을 점령하며 점점 힘을 키웠어요.

필립포스 2세

★ <GO GO 카카오프렌즈> 10권 이집트 편 6장을 참고하세요.

아버지가 정복 전쟁으로 계속 땅을 넓혀 가자

아들인 알렉산더는 이런 걱정을 했대요.

와아

와~

나중에 내가 정복할 땅이 하나도 안 남아 있으면 어쩌지?

필립포스 2세의 사망으로 20세에 왕이 된 알렉산더는 엄청난 기세로 다른 나라들을 점령해 나갔고

아테네는 이런 마케도니아를 막아낼 힘이 없었어요.

아~ 그렇게 아테네가 마케도니아 땅이 된 거구나.

그렇다면 퍼즐은 알렉산더 대왕에게 있는 게 분명해!

하지만 알렉산더는 지금 거기 없어요.

아테네를 신하에게 맡기고 또다시 정복전쟁을 떠났거든요.

어, 그래?

그럼 퍼즐은 어디에…

두리번

두리번

지금 콘 뒤로 천천히 지나가고 있어요.

?

내 뒤에? 어디, 어디?

천천히 지나간다면 혹시 저 사람들 중에 있나?

일단 가 보자!

다다다다

만약 퍼즐이 사람에게 있다면 유명한 사람일 텐데.

어떻게 말을 걸지?

카카고, 여기 학교랬지?

네!

그렇다면~

우다다다

안녕하세요, 선배님들!!

저흰 이번에 새로 입학한 신입생들이에용~

잘 부탁드립니다!

리케이온 신입생?

귀여운 후배들이네~

꾸벅

깜짝

그런데 이 분은 선배가 아니라 선생님이셔.

그 유명한 아리스토텔레스 선생님이시지.

허허, 쑥스럽군.

리케이온 학교를 세운 분이기도 해요.

소곤 소곤

역시 유명인이 있었어!

그렇다면 퍼즐은 분명 이 분한테…

그런데 왜 길을 막고 날 째려보는 거지?

화들짝

앗! 아리스토텔레스라면 유명한 그리스 철학자예요.

제자들과 산책하며 토론을 해서 소요학파라 불리죠.

저, 괜찮으면 자네들도 우리와 함께 산책하며 토론하지 않겠나?

넵! 선생님.

좋았어. 자연스럽게 대화하면서 가까이에서 퍼즐을 찾아보자.

응!

척

자연스럽게 대화에 끼어들면서…

그런데 선생님의 스승이신 플라톤✿님의 말씀에 따르면…

플라톤님의 스승이신 소크라테스✿님은 이렇게 말씀하셨지…

가까이에서 이야기를 해야 하는데…

기웃 기웃

하지만 제 의견은…

대화 내용이 어려워서 끼어들 수가 없어.

순식간에 뒤로 밀려났다.

꼬옹~

그런데 선생님의 제자이신 알렉산더 대왕께선…

응?

선배님, 알렉산더 대왕이 아리스토텔레스 선생님 제자예요?

응! 몰랐어?

선생님은 마케도니아에서 3년간 알렉산더 대왕을 가르치셨어.

우와~

140

✿ 플라톤(BC 424년경~BC348년경) 세계 최초의 고등 교육 기관인 아카데메이아를 세운 그리스의 철학자.
✿ 소크라테스(BC 470년경~BC399년경) 공자, 예수, 석가와 함께 세계 4대 성인으로 불리는 그리스의 철학자.

대왕의 스승이라니 대단해~

맞아. 우리 선생님은 정말 대단한…

아!

디오게네스!!

뜨드헉!

왜, 왜 그래요, 선배?

어머! 디오게네스라면 견유학파의 대표적인 철학자예요!!

견유학파?

한마디로 욕심없이 멍멍이처럼 사는 게 행복이란 철학이죠.

멍멍이처럼…

그런데 선배는 디오게네스를 보고 왜 그렇게 놀라요?

그게… 예전에 엄청난 일을 목격했거든.

덜덜덜

어느날 알렉산더 대왕께서 디오게네스를 찾아 오셨지.

난 대왕 알렉산더다!

난 멍멍이 디오게네스다.

혹시 그대에게 소원이 있는가?

있지~

욕심 없기로 유명한 디오게네스도 원하는 게 있군.

무엇이든 말해 보게.

햇볕 가리지 말고 비켜 주게.

대왕께 감히!!

굼적 굼적

깜짝

그래서 어떻게 됐어요? 죽었어요?

♪

덜덜덜

저기, 살아 있잖아.

알렉산더 대왕께선 이렇게 말씀하셨지.

내가 만약 알렉산더가 아니라면 디오게네스가 되었을 것이다.

우아~ 정반대의 인생인데 뭔가 통하나 봐.

디오게네스님께서 햇빛을 쬐시나 보군. 방해하지 말고 얼른 가세.

네.

너희도 얼른 와.

가자!

아니에요! 따라가지 마세요. 퍼즐이 거기 멈췄어요.

여기?

어디?

앗! 퍼즐이 디오게네스 항아리 안에 있다!!

반짝

반짝

맞아요! 대규모 정복 전쟁에 나선 알렉산더는

페르시아를 비롯해 많은 나라를 정복하면서 단 한 번도 진 적이 없죠.

아테네

이집트

알렉산더 대왕이 정복한 영토

그중 이집트처럼 환영하는 나라도 있었어요.

그는 10년 넘게 계속 정복 전쟁을 하면서 세상의 끝을 보고자 했죠.

뿌오~

이럴 수가. 알렉산더 대왕은 나랑 똑같아.

세계 정복을 위해 열심히 노력하는~

감동~

앗! 저기 알렉산더한테 퍼즐이 있어!

훅~

경비병 아저씨, 파라오를 한 번만 만나 볼 수 없을까요?

가까이 갈 수 있을까?

후다닥~

147

경비병이라니.
난 프톨레마이오스
장군이다!

어,
프톨레마이오스?
어디서 많이 들어본
이름인데.

아,
로제타 돌🪨에
있는 이름이다!!

앗! 그 사람은
훗날 이집트 파라오가
되는 프톨레마이오스
1세예요.

로제타 돌에 적힌
프톨레마이오스 5세는
그분의 후손이죠.

뭐?
이 사람도
파라오가 된다고?

왜?
알렉산더는
어쩌고?

전쟁이 길어지자
지친 군사들이 반발했고,
알렉산더는 전쟁을
멈출 수밖에 없었어요.

돌아가자!

끄응~

하지만 돌아오는 길에
그만 병에 걸려 33세의
나이로 죽고 말아요.

그렇게
젊은 나이에?

크흡!

🪨 <고고 카카오프렌즈> 10권 이집트 편 120쪽을 참고하세요.

그러자 알렉산더 대왕이 이룩한 대제국은 순식간에 부하들에 의해 갈라졌죠.

와아

프톨레마이오스 1세

그중 이집트는 프톨레마이오스 장군이 지배하게 되어 파라오가 된 거예요.

뭐야~ 다 뺏겼잖아!

오올~ 덕분에 대박 나셨네요.

대체 무슨 소린지.

척

아무튼 파라오께 용건이 있으면 일단 나한테 먼저 말을…

퍼즐이 이동했어요.

샤라랑~

민망~

용건 없어졌어요!

으아아

알렉산더 대왕이 나랑 똑같다는 거 취소, 취소!!

149

저 안에 있는 퍼즐을 어떻게 저장하지?

안절 부절

내 집에 왜 들어와? 너희 도둑이지!

물리고 싶냐?

캬오오~

혁

무서워~

디오게네스가 멍멍이처럼 살자는 생각이라면…

뒤적 뒤적

저~ 디오게네스님, 죄송하지만 그 항아리 안에 좀 들어가도 될까요?

급실 급실 엥?

방법은 이거다!

황금 사과!

앗!

벌떡

짜안~

150

세계 정복을 꿈꾼 알렉산더

알렉산더 대왕과 그리스 문화의 전파

나와 함께 세계를 정복 하는거야!

알렉산더 대왕은 고대 그리스 마케도니아 왕국의 왕이었어. 그의 아버지 필립포스 2세 때부터 마케도니아는 강한 군사력으로 영토를 넓혀 가던 중이었지. 아버지가 암살당한 후에는 스무 살이라는 젊은 나이에 왕이 되어서 주변 나라들을 정복하기 시작했어. 그리스의 여러 폴리스뿐만 아니라 페르시아의 다리우스 3세와 여러 번 싸워 이겼고 페르시아의 여러 도시를 차지했지. 그리고 이집트까지 정복한 다음 자신의 이름을 딴 '알렉산드리아'라는 도시를 세웠어. 그는 호메로스의 시를 좋아해서 항상 책을 가지고 다녔대. 학자들도 데리고 다니면서 자신이 정복한 곳을 탐험하게 하고 각종 측량도 시켰지. 정복한 도시의 문화와 알렉산더 대왕이 전파한 그리스 문화가 결합해서 탄

폼페이에서 발견된 모자이크화의 알렉산더 대왕. 다리우스 3세와의 전투를 묘사한 것이다.

생한 헬레니즘 문화는 여러 나라에 영향을 끼치고 서양 세계에 퍼져 나갔지. 전투에서는 한 번도 진 적이 없었지만, 그는 아라비아 정복을 준비하다 33세의 이른 나이에 세상을 떠나고 말아.

> 인간은 왜
> 존재하는 걸까?
> 이게 바로
> 철학의 시작!

철학자들의 요람이 된 그리스

그리스는 옛날부터 철학이 발전했어. 그리고 수많은 그리스 철학자들의 사상이 서양 철학의 뿌리가 되었지. 단순히 철학뿐 아니라, 학문 전반에

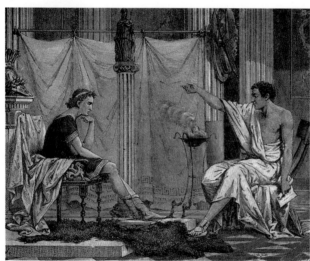

영향을 끼쳤어. 그리스 철학은 기원전 7세기 무렵부터 시작해 1000년 간이나 계속되었지. 최초의 철학자로 알려진 탈레스를 비롯해 피타고라스, 소크라테스, 플라톤, 아리스토텔레스가 모두 고대 그리스의 철학자야. 알렉산더 대왕 때 최대한 자연에 가까워지는 삶을 주장한 '견유학파'의 디오게네스는 평생 옷 한 벌과 지팡이, 자루를 메고 통 속에서 살았대. 학자들을 좋아한 알렉산더가 그를 찾아와 "원하는 것이 무엇인가?"라고 물었을 때 "햇빛이나 가리지 않게 비켜서 달라"고 답한 이야기는 유명하지. 아테네에는 아폴론 신전 근처에 성벽으로 둘러싸인 교육 기관 리케이온이 있었어. 플라톤은 아카데메이아에서, 아리스토텔레스는 리케이온에서 자신의 제자들을 가르쳤지.

알렉산더 대왕을 가르치는 아리스토텔레스를 그린 그림(위쪽)과 라파엘로가 그린 <아테네 학당>(아래쪽)

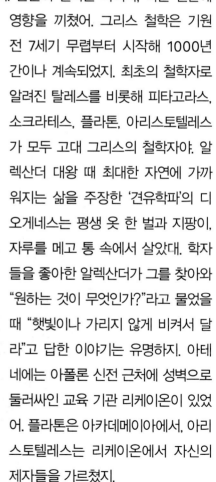

8장
평화의 축제 올림픽

집?

나는 세계의 시민이야! 세계 모든 곳이 나의 집이지.

아…

세계의 주인이 된다는 건 아마도 저런 게 아닐까?

샤라랑~

퍼즐 저장!

이프도 그걸 깨달아야 할 텐데…

와삭~

세계의 주인이 되려면 뭐가 제일 중요한지 이제야 깨달았어.

후유~

그게 뭔데?

그건 바로…

건강이야!

알렉산더를 봐. 다 뺏기잖아.

내가 퍼즐로 세계를 정복한다 해도 아프기라도 하면 다 뺏길 거 아냐!

특히 너한테.

이프고, 여기가 어디야?

거긴 제우스 신을 섬기는 종교, 문화 행사이자 스포츠 행사인 올림피아 제전이 열리고 있는 곳이에요.

올림피아 제전?

올림픽이 바로 여기에서 유래된 말이죠.

아, 고대 그리스의 올림픽 이구나.

네! 고대 올림픽을 시작한 곳이 바로 올림피아 마을이에요.

퍼즐은 그 경기장을 돌아다니고 있어요.

앗! 지금 아테네에서 세 번째 퍼즐이 저장됐어요!

세 번째 퍼즐이? 그럼 여기 있는 게 마지막 퍼즐이군!

가자, 이프! 지금은 올림픽 시작 전에 선수들이 운동하는 시간 같으니까

우리도 선수인 척 경기장에 들어가서…

잠깐만요! 고대 올림피아 경기에 여성은 참가 못해요.

꽈광~

또야?

으아~ 고대 그리스에선 여성이 못 하는 게 왜 이렇게 많아?

발끈!

후훗, 걱정 마세요! 제가 이브님을 순식간에 남자로 만들어 드릴 테니.

?

엥? 날 남자로?

단추 두 개를 동시에 눌러 보세요.

새로운 기능인가?

꾹~

모든 도시국가? 그럼 아까까지 싸우던 아테네, 스파르타, 마케도니아 등등의 사람들이 다 모이는 거야?

깜짝

이봐, 오늘은 그런 거 따지지 말자고~

그래! 우린 모두 헬레네스니까!

헬레네스?

사실 그리스는 로마인들이 부른 이름에서 유래된 것이고

고대 그리스인은 자신들을 헬레네스! 나라는 헬라스라고 불렀죠.

그리스
=
헬레닉 공화국
(Hellenic Republic)

그래서 현재 그리스의 다른 이름은 헬레닉 공화국 이랍니다.

우다다다

그건 어디서 나온 이름인데?

그리스인의 조상 이름이 헬렌이에요!

헬렌의 자손들인 헬레네스가 모여 올림픽을 할 때면 전쟁도 멈췄어요.

맨날 맨날 올림픽 하면 좋겠다.

앗! 저기 퍼즐이랑 이프가 있어!

그런데 이프 옆의 저 사람은…

이브?

두뚱 두뚱

나참~ 저게 뭐야? 흉하게. 더 싫어지네.

휙!

우아~ 너 근육이 대단하구나. 나랑 한번 겨뤄 보자!

콱!

뭐? 안 돼. 이건 근육이 아니라 공기…

어라? 뭐가 이렇게 약해?

앗!

야! 설마 너 이브 밀친 거야?

멈칫!

까당~

아냐. 쟤는 그냥 팔을 잡았다가 놓았을 뿐…

새로운 영웅의 등장이다!

신화 속 헤라클레스✿가 나타났어!

어머!

이브 건들지 마!!

저 사람 누구야?

큰일났다. 사람들이 튜브에게 관심을 갖고 있어.

와아

번쩍

퍼즐이 이동했어요.

잘됐다! 카카고, 빨리 저 바구니에 시간문 열어 줘.

됐다. 우리도 가자!

야, 튜브! 네가 이브를 왜 데려가?

튜브, 여기야! 여기로 도망갔어.

거기냐?

휙

✿ 헤라클레스 그리스 신화 속 가장 힘이 세기로 유명한 영웅.

튜브, 퍼즐이
거기 있대.

이성을
잃어서 아무것도
안 들리나 봐.

튜브~

헉! 헉!

앗!
저기 있다.

퍼즐 저장!

샤라랑~

앗! 지금
퍼즐이 저장…

제1회 마라톤
경기를 망친 남녀

헉! 동시에
그리스 역사가
바뀌려고 해요!

역사가
갑자기 왜?

만세~ 우리가
승리했다!

제1회 아테네
올림픽에서 처음
시작한 경기 중
하나가

과거 마라톤 전투의
승리를 기념한
마라톤이죠.

164

원래는 지금 튜브 뒤에 있는 그리스의 루이스 선수가 바로 1등이에요!

그런데 튜브가 루이스 선수를 앞지르면서 역사가 꼬였다고요~

앗! 이 길이 마라톤 코스였구나!

약 1,500년 만에 다시 열린 그리스 올림픽에서 그리스 선수가 마라톤에서 우승했는데,

이런 역사적인 순간을 망칠 순 없어~

화들짝

튜브를 막아야 해!

하지만 미친오리가 된 튜브를 어떻게 막아.

다다다다

도대체 튜브는 왜 갑자기 미친오리가 된 거야?

누가 이브를 밀친 줄 알고 화내는 걸 보니 아무래도 이브를 좋아하는 것 같아.

찾았어!

그나저나 나도 빨리 본부로 돌아가야 하는데…

이브 밀친 녀석이 어디 있다는 거야? 화가 난다~

뛰적 뛰적

씽

캬악

그런데 얘는 날 좋아하는 거야~ 싫어하는 거야?

사람 헷갈리게.

앗! 튜브의 화가 풀렸다!

싫어하는 사람이 고백하면 더 화가 났을 텐데.

푸르르~

앗! 튜브가 멈췄어!

어떻게 멈춘 거지?

확인할 방법이 딱 하나 있지.

튜브, 사랑해♥

속닥 속닥

멈칫

그럼 이브 퍼즐을…

어머! 내 목걸이 어디 갔지?

거기에 퍼즐이 2개나 들어 있는데~

시침뚝~

휙~

아까 튜브가 날 꼬옥~ 안고 달릴 때 떨어뜨렸나 봐.

아, 아냐. 안은 게 아니라 들고 달린 거야.

부꼬~

부꼬~

아! 그래서 이프가 사라진 거군!

떨어진 이브의 목걸이를 주워 들고 도망친 게 분명해.

이프가 가져갔다면 다행이야. 역사를 지키는 게 먼저니까.

역사를 지키는 건 우리야! 넌 속고 있는 거라고.

척

아~ 몰라 누가 악당인지는 모르겠지만 확실히 알게 된 하나는…

169

평화로운 스포츠 축제 올림픽

나도 실력을 쌓으면 올림픽에 나갈 수 있을까?

올림픽의 유래가 된 고대 올림피아 제전

그리스인들은 여러 도시국가로 나뉘어 있었지만, 4년에 한 번씩 모든 폴리스가 올림피아에서 신에게 제사를 지내고 동맹을 다지기 위해 남자 선수들이 여러 가지 경기를 펼쳤지. 이것이 바로 고대 올림픽의 기원이야. 한마디로 무기 없이 펼치는 평화롭고 공정한 경쟁이었던 거지. 그리스인들은 이 올림픽을 통해 그들이 같은 언어를 사용하는 하나의 민족이라는 사실을 마음에 새겼어. 그들 모두가 그리스인의 조상인 헬렌의 자손이란 의미로 자신들을 '헬레네스'라고 부르며 동맹 관계를 더 탄탄하게 다진 거야. 고대 올림픽은 각 폴리스의 대표가 제우스 신에게 제사를 지낸 뒤, 달리기, 멀리뛰기, 원반 던지기, 창 던지기, 레슬링을 겨뤘어. 우승자는 올리브 나뭇가지로 만든 월계관을 받았지.

올림피아의 제우스 신전

다시 부활한 현대 올림픽

현대 올림픽은 프랑스 역사학자였던 피에르 드 쿠베르탱에 의해 만들어졌어. 쿠베르탱은 프로이센과 프랑스의 전쟁에서 프랑스가 진 게 군사들의 체력이 약해서라고 생각했어. 그래서 체력을 단련할 방법으로 올림픽을 떠올렸지. 국제올림픽위원회(IOC)도 만들고, 4년마다 새로운 도시에서 돌아가며 올림픽을 연다는 규칙도 정했어. 제1회 근대 올림픽은 고대 올림픽이 시작된 아테네에서 1896년에 열렸지. 이후 동계 올림픽도 따로 열고 갈수록 규모가 커진 올림픽은 온 지구촌의 축제로 자리 잡았어. 실제로 2018년 평창 올림픽은 올림픽이 평화의 도구가 될 수 있다는 사실을 증명했지. 그 전 해까지 한반도에는 전쟁 위기설이 떠돌 정도로 남북 간 사이가 좋지 않았지만 북한이 평창 올림픽에 참여하면서 평화의 축제가 되었어. 물론 좋은 점만 있는 건 아니야. 처음엔 여자 선수들은 참여할 수도 없었고 인종차별 문제도 있었지. 요즘엔 지나친 상업성 때문에 많은 비판을 듣지. 올림픽 개최국에 큰 경제적 부담을 지운다는 문제도 있고.

올림픽은 평화로운 경쟁. 참여하는 모두가 승리자야!

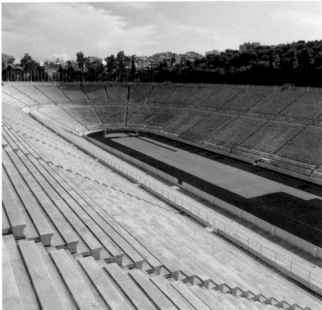

근대 올림픽을 연 쿠베르탱 (왼쪽)과 1896년 제1회 근대 올림픽이 개최된 파나티나이코 경기장(오른쪽)

카카오프렌즈와 함께 지도로 그리스 다시 보기

그리스는 아름다운 지중해를 끼고 있는 유럽 국가야. 올림포스 열두 신 이야기의 무대이기도 하지. 그리스 신화는 건축, 연극, 이야기 등 다양한 예술 형태로 남아 현대 서양 문명의 기초를 이루고 있어.

암포라
고대 그리스·로마 시대에 물과 음식을 저장하는 데 사용되었던 도자기.

● 테살로니키

스파르타
최강 전사들의 국가

스파르타는 아테네와 함께 고대 그리스의 대표적인 도시국가야. 스파르타의 남자 아이들은 일곱 살이 되면 집을 떠나 전사가 되기 위한 훈련을 시작했어. 여자들도 튼튼하게 체력을 키웠지. 이런 엄격한 훈련을 바탕으로 스파르타는 그리스에서 가장 강한 군대를 가질 수 있었어.

아테나 여신
올림포스 열두 신 중 한 명으로 지혜와 전쟁의 여신이자 아테네의 수호신이다.

● 파트라스

아테니

이오니아 양식
고대 그리스 이오니아 지방에서 발달한 건축양식으로 경쾌하면서도 섬세하고 우아한 것이 특징이다.

● 스파르타

파르테논 신전
그리스 건축물의 정수

고대 아테네인은 파르테논 신전을 지어 아테네의 수호신 아테나에게 바쳤어. 안정감 있고 힘찬 느낌의 도리아 양식 기둥에 화려한 조각으로 장식된 파르테논 신전은 그 가치를 인정받아 1987년 유네스코 세계문화유산으로 지정되었어.

그리스식 샐러드

토마토, 오이, 피망 등 각종 채소와
페타 치즈에 올리브 오일을
곁들인 신선한 샐러드.

올리브

샐러드, 피자, 파스타 등 여러 가지
요리에 사용되는 그리스의 특산물.

◐ 수도　● 주요 도시

그리스

• 알렉산드로 폴리스

그릭 요거트

질감이 뻑뻑하고
강한 신맛이 특징인
그리스식 요거트.

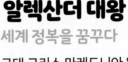

알렉산더 대왕

세계 정복을 꿈꾸다

고대 그리스 마케도니아 왕국의 알렉산더 대왕은 세
계 정복을 꿈꾸며 정복한 나라마다 '알렉산드리아'
라는 도시를 세우고 그리스 문화를 퍼뜨렸어. 그리스
문화와 정복지 문화가 결합해 독특한 헬레니즘 문화
가 생겨났지.

근대 올림픽

고대 그리스인들이 제우스 신에게 바치는
제전 경기에서 유래된 세계인의 축제
근대 올림픽은 1896년 그리스 아테네에서 시작되었다.

산토리니섬

과거 크레타 문명이
발생했던 테라섬.

• 크레타섬

도편추방제

민주주의의 기틀을 다지다

고대 그리스의 도시국가 아테네에서 시행되
었던 도편추방제는 도자기 조각에 독재를 행
할 가능성이 있는 사람의 이름을 적어 냈던
제도야. 6천 표 이상을 받은 사람은 10년 동
안 외국으로 쫓겨났지. 도편추방제는 나날
이 발전해 현대 민주주의의 시초가 되었어.

카카오프렌즈와 함께 세계 여행을 떠나요~

GOGO 카카오프렌즈
그리스 역사

BC 17세기경
테라섬 화산폭발

BC 28~16세기
크레타 문명의 발달

BC 17~12세기
미케네 문명의 발달

BC 800년
암흑시대 끝

BC 490년
마라톤 전투

BC 492~490
제1차 페르시아 전쟁

BC 485년경
아리스테이데스 도편추방제로
아테네에서 추방

BC 480년
테르모필레 전투
살라미스 해전

BC 480~479년
제2차 페르시아 전쟁

BC 30세기   BC 10세기   BC 700   BC 500

더 알고 싶은 그리스 역사

BC 776년경
고대 올림픽
개최

BC 487년경
도편추방제
시작

BC 477년경
델로스 동맹 결성

BC 470년경
소크라테스 출생

BC 447년경
파르테논 신전
재건

BC 384년경 •
아리스토텔레스
출생

BC 336년경 •
알렉산더 재위

1900년 •
크노소스 궁전 발굴

BC 431~404년
펠로폰네소스 전쟁

BC 335년경 •
리케이온 설립

BC 323년경 •
알렉산더
사망

1896년 •
제1회 근대 올림픽
개최

BC 400

100

1800

BC 382년 •
필립포스 2세 출생

BC 356
마케도니아,
그리스를 장악

120년경
플루타르코스
사망

2004년 •
제28회 아테네
올림픽 개최

BC 424년경
플라톤 출생

393년 •
고대 올림픽 중단

♪카카오프렌즈와 함께 브라질 이야기 미리 보기♪

지구의 허파, 아마존이 있는 브라질로 GO GO~

이프, 이브 남매에 맞서 카카오프렌즈가 다음 역사 퍼즐을 찾으러 떠날
곳은 바로 지구의 허파 아마존을 품은 나라 브라질이야. 무서운 맹수들이
거닐고 있는 열대우림 속에서 카카오프렌즈는 과연 브라질의 역사를
무사히 지킬 수 있을까?

위기 속에서도 용기를 잃지 않는 카카오프렌즈와 함께 브라질로 떠나 볼까요?

그림 출처

※ 이 책에 실린 사진의 출처는 위키피디아, 게티이미지입니다.

세계 역사·문화 체험 학습만화
GOGO 카카오프렌즈
14 그리스

글 | 김미영 그림 | 김정한 정보글 | 최은하
원화 | 주식회사 카카오

1판 1쇄 발행 | 2020년 5월 20일
1판 9쇄 발행 | 2024년 6월 1일

펴낸이 | 김영곤
펴낸곳 | ㈜북이십일 아울북
키즈사업본부장 | 김수경
에듀2팀 | 김은영 고은영 박시은
아동마케팅영업본부장 | 변유경
아동마케팅1팀 | 김영남 정성은 손용우 최윤아 송혜수
아동마케팅2팀 | 황혜선 이해림 이규림 이주은
아동영업팀 | 강경남 김규희 양슬기
e-커머스팀 | 장철용 전연우 황성진
디자인 | 한성미 임민지

출판등록 | 2000년 5월 6일   제406-2003-061호
주소 | (10881) 경기도 파주시 회동길 201(문발동)
전화 | 031-955-2100(대표) 031-955-2177(팩스)
홈페이지 | www.book21.com

ISBN | 978-89-509-8775-6 74900

14권: 부끄러워

〈Go Go 카카오프렌즈〉
외전은 계속됩니다!